Les orphelines

*

Janet

D1363254

VIRGINIA C. ANDREWS

V.C. Andrews™

Les orphelines

*

Janet

Traduit de l'américain
par Françoise Jamoul

Éditions J'ai lu

Titre original :

BUTTERFLY
Pocket Books, a division of Simon & Schuster Inc., N.Y.

Prologue

Seule dans le bureau de Mrs. McGuire, j'attendais le couple qui avait demandé à me voir. Le dossier rigide de la chaise me torturait le dos mais je savais d'expérience qu'il me fallait rester assise « comme il faut ». C'était dans mon intérêt. Mrs. McGuire, la directrice de l'orphelinat, se ruait sur nous dès que nous nous vautrions sur nos sièges ou si nous nous laissions aller à commettre quoi que ce soit d'« inconvenant » en présence de visiteurs.

— Tenez-vous droits! s'écriait-elle en traversant la salle à manger.

Nous nous mettions aussitôt au garde-à-vous. Ceux qui n'obtempéraient pas assez rapidement étaient condamnés à déambuler des heures durant, un livre sur la tête et, si le livre tombait, il leur fallait remettre ça le lendemain.

— Vous n'êtes que de pauvres petits orphelins, nous sermonnait-elle inlassablement d'une voix qui peu à peu s'élevait jusqu'aux aigus, et votre seul espoir, c'est que de braves gens viennent vous arracher d'ici pour faire de vous un membre de leur famille. Il vous faut beaucoup plus de qualités qu'aux autres enfants, ceux qui ont déjà des parents et un foyer. Vous devez être plus robustes, plus intelligents, plus polis et, assurément, plus respectueux. Bref, vous devez vous rendre désirables.

Voyons, ajoutait-elle en promenant son regard critique de visage en visage, pourquoi donc quelqu'un voudrait de vous comme fille ou comme fils ?

Elle avait raison. Qui pourrait bien vouloir de moi ? J'étais née prématurément. Mes camarades me trouvaient ridiculement chétive et, la veille encore, Donald Lawson m'avait appelée la Naine.

— Quand tu seras au lycée, tu t'habilleras encore au rayon « fillettes », avait-il claironné, enchanté de me faire pleurer. Même tes larmes sont minuscules. On devrait t'appeler Mini-Larmes, au lieu de la Naine.

Mes camarades n'étaient pas les seuls à penser que je n'étais pas normale. Margaret Lester, une grande perche de quatorze ans dont les jambes semblaient remonter jusqu'aux épaules, avait surpris les propos du dernier couple qui m'avait vue et elle s'était empressée de me les répéter.

— L'homme t'a trouvée adorable mais, lorsqu'ils ont appris ton âge, ils se sont demandé pourquoi tu étais aussi petite. Sa femme a dit que tu devais être de santé fragile et, du coup, ils ont décidé de chercher quelqu'un d'autre, avait-elle conclu avec un petit sourire narquois.

Aucun parent potentiel n'ayant jamais posé les yeux sur elle, elle se réjouissait de nos échecs.

— Je ne suis pas fragile du tout, avais-je protesté dans un murmure. Je n'ai même pas eu un rhume de tout l'hiver.

Je m'exprimais toujours d'un ton bas et doux et répéter en élevant la voix me coûtait de gros efforts. Mrs. McGuire me recommandait de montrer plus d'assurance.

— C'est bien d'être un peu timide, Janet. Dieu sait qu'aujourd'hui la plupart des enfants sont bruyants et insupportables mais, si tu te montres trop réservée, les gens ne s'intéresseront pas à toi. Ils te trouveront renfermée, comme une petite tortue qui se réfugie sous sa carapace. Ils se poseront des questions sur ton caractère et ça leur fera peur. Ce n'est pas ce que tu veux, si?

Je faisais non de la tête, ce qui ne l'empêchait pas de poursuivre son sermon.

— Alors, tiens-toi droite quand tu parles et regarde les gens dans les yeux au lieu de fixer le plancher. Et puis ne te triture pas les doigts comme ça, ça fait malsain. Redresse les épaules. Tu as besoin de tous les centimètres possibles.

Lorsque j'étais entrée dans son bureau ce matin-là, elle m'avait plantée sur cette chaise et s'était mise à marcher de long en large devant moi. Ses talons hauts martelaient le carrelage tandis qu'elle m'indiquait comment me comporter lorsque arriveraient les Delorice. C'était leur nom. Sanford et Céline Delorice. Je ne les connaissais pas mais, selon Mrs. McGuire, eux m'avaient vue à plusieurs reprises. Cela me surprit. A plusieurs reprises? Quand donc? Et, si c'était vrai, pourquoi ne les avais-je pas vus?

— Ils se sont renseignés sur toi et ont appris beaucoup de choses, Janet. Malgré tout, tu les intéresses toujours. C'est ta meilleure chance. Tu comprends? demanda-t-elle en s'arrêtant de marcher pour m'éplucher du regard. Allons, redresse-toi.

J'obéis à la seconde.

— Oui, Mrs. McGuire.

Elle se pencha et porta la main à l'oreille.

— Comment? Tu as dit quelque chose, Janet?

— Oui, Mrs. McGuire.

— Oui, quoi? insista-t-elle en reculant d'un pas, les poings sur les hanches.

— Oui, je comprends que c'est ma meilleure chance, Mrs. McGuire.

— Bien, bien. Parle d'une voix forte et claire mais uniquement si on t'adresse la parole. Souris autant que tu peux. Ne te vautre pas sur ta chaise. Serre les genoux. Tire sur ta robe. Voilà, comme ça. Maintenant, montre-moi tes mains.

Elle s'en empara de ses longs doigts osseux et les retourna si brutalement qu'un élancement me traversa les poignets.

— C'est bien, fit-elle. Tu es soignée, Janet. C'est un point en ta faveur. Comme tu le sais, il y a des enfants qui se croient allergiques aux bains... Les Delorice ne devraient plus tarder, reprit-elle en jetant un coup d'œil à l'horloge. Je vais aller les accueillir. Attends-nous ici et lève-toi dès que nous franchirons la porte. Tu as compris?

— Oui, Mrs. McGuire.

De nouveau, elle porta la main à son oreille. Je m'éclaircis la gorge et fis un nouvel essai.

— Oui, Mrs. McGuire.

Elle hocha la tête, d'un air à la fois triste et sceptique.

— C'est ta meilleure chance, Janet. Peut-être bien la dernière, murmura-t-elle en quittant la pièce.

Restée seule, j'examinai les rayonnages de la bibliothèque, les photos et les lettres encadrées qui félicitaient la directrice pour son travail au service des orphelins de l'État de New York. Puis, lassée de ce fatras décoratif, je me tournai vers la fenêtre. C'était une journée de printemps ensoleillée. Avec un soupir, je regardai les arbres dont les petites

feuilles d'un vert brillant et les premières fleurs semblaient m'appeler. Les jours précédents, il avait plu
abondamment et tout s'était mis à pousser très vite.
S'atteler à la tondeuse aussi tôt dans la saison ne
devait pas réjouir Philip, le jardinier, dont j'aperce-
vais le visage renfrogné. J'imaginais fort bien ses
ronchonnements sur cette maudite herbe qui poussait si vite que c'en était presque visible. Durant un
instant, le bruit monotone de la tondeuse et les
rayons de soleil éblouissants qui traversaient la
fenêtre me firent oublier où j'étais. Mes yeux se fer-
mèrent et, oubliant le règlement, je m'affaissai.

Pour la énième fois, je tentai de me rappeler ma
vraie mère. En vain. Mes premiers souvenirs évo-
quaient un orphelinat, un autre que celui-ci où l'on
m'avait transférée à l'âge de sept ans. J'en avais
presque treize à présent, mais j'étais bien obligée
d'admettre que je n'en paraissais que neuf, dix au
mieux. A cause de cette absence de souvenirs
concernant ma vraie mère, Tommy Turner avait
suggéré que je devais être l'un de ces bébés que
fabriquent les médecins dans leurs laboratoires.

— Tu as dû naître dans une éprouvette et c'est
pour ça que tu es si petite, avait-il déclaré la veille
au soir tandis que nous sortions du réfectoire.

Les autres enfants, qui trouvaient chacune de ses
reparties extrêmement maligne, s'étaient esclaffés.

— La mère et le père de Janet sont des éprou-
vettes, avaient-ils ricané en se lançant des coups de
coude dans les côtes.

— Non, répliqua Tommy. Son père était une
seringue et sa mère une éprouvette.

— Qui l'a appelée Janet, alors? demanda Margaret, intriguée.

— On lui a donné le nom de la laborantine,
répondit-il après une seconde de réflexion.

À l'expression de nos camarades, je compris que l'histoire leur paraissait vraisemblable.

Ce soir-là, comme tous les autres soirs, j'avais regretté de tout mon cœur de ne pouvoir évoquer quelque chose de mon passé, un fait, un nom, n'importe quoi, pourvu que je puisse prouver à Tommy et aux autres enfants qu'un jour j'avais eu un vrai papa et une vraie maman. Je n'étais ni une naine ni une éprouvette, j'étais... eh bien, j'étais comme un papillon... destinée à être très belle et à m'envoler au-dessus de la Terre, loin au-dessus des difficultés et des doutes de la vie quotidienne, loin au-dessus des sales gosses toujours prêts à rire des plus petits et des plus faibles.

Il se trouvait tout simplement que je n'étais pas encore sortie de mon cocon. Je n'étais pour l'instant qu'une petite fille timide, lovée dans son petit monde calme et douillet. Un jour, bien sûr, il me faudrait éclore, devenir plus courageuse, parler fort, grandir... Mais, pour l'instant, cela m'effrayait. Je n'avais trouvé qu'un moyen d'éviter les railleries : rester à l'abri, bien au chaud et hors d'atteinte. Mais, un jour, je m'envolerais. Comme un beau papillon, je m'élèverais dans le ciel, de plus en plus haut, au-dessus d'eux tous. Et je leur montrerais.

Oui, un jour, je serais un papillon.

— Janet!

La voix sifflante de Mrs. McGuire me fit sursauter et ouvrir les yeux. Une grimace de colère déformait son visage.

— Redresse-toi, chuchota-t-elle avant de se retourner en souriant vers le couple qui la suivait. Par ici, s'il vous plaît, reprit-elle d'une voix onctueuse.

Le cœur battant, je retins mon souffle. Mrs. McGuire se glissa derrière ma chaise afin que les nouveaux venus puissent bien me voir. Moi aussi, je les dévorais des yeux. Grand et mince, Mr. Delorice avait les cheveux bruns et un regard légèrement éteint. Bien qu'assise dans un fauteuil roulant, Mrs. Delorice était ravissante; ses traits étaient fins et ses longs cheveux d'un blond-roux ondulaient jusqu'aux épaules. Malgré son infirmité, il n'y avait rien chez elle de frêle ou de maladif. Au contraire, sa peau avait un teint de pêche et ses lèvres étaient d'un rose vif comme des fraises.

Avec sa robe jaune clair — ma couleur préférée — et son rang de perles minuscules, elle ressemblait à la plupart des mères potentielles que nous voyions débarquer à l'orphelinat, à l'exception du fauteuil roulant et de ses drôles de petites chaussures. Des chaussons de danse? Pourquoi une femme coincée dans un fauteuil roulant portait-elle des chaussons de danse ?

Mr. Delorice la poussa jusqu'à moi. Fascinée, je me retrouvai incapable de faire un geste ou de prononcer un mot. Une autre question m'intriguait : pourquoi une femme handicapée voudrait-elle donc adopter un enfant de mon âge ?

— Mr. et Mrs. Delorice, je vous présente Janet Taylor. Janet, voici Mr. et Mrs. Delorice.

— Bonjour, marmonnai-je d'une voix dont le ton étouffé déplut visiblement à Mrs. McGuire.

D'un geste impérieux, elle me fit signe de me lever ; je sautai à terre.

— Je t'en prie, ma chérie, appelle-nous par nos prénoms, Sanford et Céline, dit la jolie dame.

Elle tendit la main et je la saisis avec empressement. Ses doigts se refermèrent sur les miens avec une fermeté qui me surprit. Durant un instant, nous nous regardâmes fixement. Puis je levai les yeux sur Sanford Delorice.

Son regard brun-vert s'était brusquement éclairé et m'examinait avec attention. Ses cheveux coupés très court soulignaient ses traits longs et maigres. Il portait une veste grise, un pantalon bleu marine et le col ouvert de sa chemise laissait voir une pomme d'Adam proéminente.

— Elle est parfaite, Sanford. Absolument parfaite. Tu ne trouves pas ? dit Céline sans me quitter des yeux.

— Oui, tout à fait, ma chérie, répondit-il.

Ses longs doigts étreignaient le fauteuil roulant comme s'il y était ligoté ou craignait de le lâcher.

— A-t-elle pratiqué un art quelconque ? demanda Céline sans même jeter un regard à Mrs. McGuire.

Ses yeux rivés sur mon visage commençaient à me donner la chair de poule mais je ne pouvais m'en détacher.

— Un art?

— Le chant, la peinture, le théâtre... la danse classique, peut-être?

— Oh, non, Mrs. Delorice. Les enfants qui vivent ici n'ont pas cette chance, répondit Mrs. McGuire.

Les yeux de Céline s'ouvrirent encore plus grands.

— Eh bien, cette chance, Janet l'aura, affirma-t-elle avec un sourire assuré. Cela te plairait de venir vivre avec Sanford et moi, Janet? Tu auras ta chambre, une grande chambre très confortable. Tu fréquenteras une école privée. Nous t'achèterons une garde-robe complète. Dans ta chambre, il y aura un bureau et tout ce qu'il faut pour travailler. Et, bien sûr, tu auras ta propre salle de bains. Je suis sûre que tu aimeras notre maison. Nous habitons juste à côté d'Albany et le parc est aussi grand — sinon plus — que celui d'ici.

— Tout cela paraît merveilleux! s'écria Mrs. McGuire d'un ton guilleret, comme si c'était elle l'intéressée.

Commentaire auquel Mrs. Delorice ne prêta aucune attention; sans me quitter des yeux, elle attendait sereinement ma réponse.

— Janet? gronda Mrs. McGuire, agacée par mon silence.

Comment refuser une telle proposition? Cependant, tandis que mon regard allait de l'un à l'autre, une vague inquiétude me serra le cœur. Je repoussai ces pressentiments indistincts, jetai un coup d'œil à Mrs. McGuire et hochai la tête tout en regrettant de ne pas savoir, comme elle, sourire à volonté.

— Ça me plairait beaucoup.

— Parfait, dit Céline.

D'un mouvement sec, elle fit pivoter son fauteuil vers la directrice.

— Quand peut-elle partir ?

— Eh bien, il y a quelques formalités à accomplir. Mais, vu ce que nous savons de vous, les références impressionnantes, le rapport de l'assistante sociale, etc., je crois que...

— Est-ce que nous pouvons l'emmener aujourd'hui ? l'interrompit Céline avec impatience.

Mon cœur s'emballa. Aujourd'hui ? Déjà ?

Pour une fois, Mrs. McGuire se trouva à court de mots.

— J'imagine que c'est possible, finit-elle par répondre.

— Parfait, répéta Céline. Sanford, pourquoi ne resterais-tu pas avec Mrs. McGuire, pour remplir ces fichus papiers ? Pendant ce temps, Janet et moi, nous irons nous promener dehors pour faire plus ample connaissance.

Suggestion qui sonna plutôt comme un ordre. La mâchoire de Mr. Delorice se crispa et ses doigts blanchirent sur le fauteuil de sa femme.

— Ces documents exigent vos deux signatures, protesta faiblement la directrice.

— Sanford a toutes les procurations nécessaires pour signer à ma place, répliqua Céline. Janet, tu es sûrement capable de pousser mon fauteuil, non ? Je ne pèse pas bien lourd, ajouta-t-elle avec un sourire.

Je jetai un coup d'œil à Mrs. McGuire qui acquiesça. Sanford s'écarta pour me laisser sa place.

— Où comptes-tu m'emmener, Janet ? demanda Céline.

— On pourrait aller faire un tour dans le jardin, proposai-je d'un ton hésitant.

Mrs. McGuire approuva d'un signe de tête.

— Bonne idée. Sanford, ne sois pas plus long que nécessaire, jeta Mrs. Delorice.

J'allai ouvrir la porte puis revins derrière le fauteuil et le poussai dans le couloir.

J'étais à la fois bouleversée et ahurie de tout ce qui m'arrivait soudain. Non seulement j'avais trouvé des parents mais, dès le premier jour, ma nouvelle mère me confiait la tâche de pousser son fauteuil. Elle désirait que je prenne soin d'elle presque autant que moi, je désirais qu'elle prenne soin de moi. Quel étrange et merveilleux début, pensai-je tout en l'emmenant vers la splendide journée ensoleillée qui nous attendait dehors.

— C'était pénible de vivre ici, Janet? demanda Céline tandis que nous suivions une allée.

— Non, madame, répondis-je en tentant d'ignorer les regards curieux de mes camarades.

— Oh, je t'en prie, ne m'appelle pas madame, Janet, protesta-t-elle vivement.

Elle se retourna dans son fauteuil et posa sa main sur la mienne. Ce geste m'alla droit au cœur.

— Appelle-moi Mère. Pourquoi attendre d'avoir fait connaissance? Fais-le tout de suite, supplia-t-elle.

— D'accord.

Il ne m'avait pas fallu longtemps pour apprendre qu'on ne discutait pas avec Mrs. Delorice.

— Comme tu parles doucement, ma chérie. J'imagine que tu as toujours eu l'impression de n'être qu'une petite chose insignifiante; mais c'est fini, à présent. Tu vas devenir célèbre, Janet. Un succès fou t'attend, déclara-t-elle d'une voix tellement passionnée que j'en restai bouche bée.

— Moi ?

— Oui, toi, Janet. Arrêtons-nous là et assieds-toi sur ce banc.

Elle croisa les mains sur ses genoux et attendit que j'aie pris place. Puis elle sourit.

— Tu voles, Janet. Est-ce que tu t'en rends compte ? Tu te déplaces en glissant comme si tu marchais sur un nuage. C'est inné. La grâce, on naît avec, ou non. Ça ne s'acquiert pas. Ça ne s'enseigne pas... Autrefois, j'avais de la grâce. Moi aussi, je glissais, je volais, ajouta-t-elle, le regard soudain assombri.

Deux secondes s'écoulèrent durant lesquelles je me demandai que dire et que faire, puis son expression s'éclaira à nouveau et elle reprit d'un ton enjoué :

— Mais parlons plutôt de toi. Je t'ai longuement observée.

Les paroles de Mrs. McGuire me revinrent en mémoire.

— Quand donc ?

— Oh, de temps à autre, durant un peu plus de deux semaines. Sanford et moi sommes passés à différents moments de la journée. En général, nous restions dans la voiture pour te regarder jouer avec tes pauvres frères et sœurs. Je t'ai même vue dans ton école.

J'en restai bouche bée. Ils m'avaient suivie jusqu'à l'école ? Elle éclata de rire.

— Dès que j'ai posé les yeux sur toi, j'ai su que je devais t'emmener. J'ai su que c'était toi, Janet. Tu me rappelles tellement la petite fille que j'étais à ton âge.

— Vraiment ?

— Oui, et lorsque Sanford et moi rentrions

chez nous, je pensais à toi, je rêvais de toi et je te voyais glisser dans l'escalier et à travers la maison. Je pouvais même entendre la musique.

— Quelle musique? m'écriai-je, un peu inquiète.

— La musique sur laquelle tu danseras, Janet... Oh, fit-elle en se penchant pour prendre ma main, j'ai tant de choses à te dire et tant de choses à faire que j'ai hâte de commencer. C'est pourquoi je voulais que Sanford se débarrasse rapidement de toute cette stupide paperasserie et nous emmène vite à la maison. La maison... je suppose que c'est un mot bizarre pour toi, non? Tu n'as jamais eu de maison. Tu sais, je sais tout de toi, ajouta-t-elle.

— Ah bon?

Peut-être avait-elle des renseignements à propos de mes vrais parents.

— Je sais que tu es devenue orpheline peu après ta naissance. Je sais que des imbéciles sont venus ici en quête d'enfants à adopter et ne t'ont même pas remarquée. Tant pis pour eux et tant mieux pour moi.

Elle eut alors un rire bizarre, presque hystérique.

— Que vouliez-vous dire lorsque vous parliez de la musique sur laquelle je danserai?

Elle lâcha ma main et se renfonça dans son fauteuil. Durant quelques minutes, je crus qu'elle ne répondrait pas. Ses yeux regardaient fixement les bois avoisinants. Un moineau atterrit à nos pieds et nous examina avec curiosité.

— Après t'avoir remarquée, je t'ai bien observée et je t'ai fait passer une sorte d'examen dans ma tête, expliqua enfin Céline. J'ai étudié ta démarche, tes gestes, la façon dont tu te tiens, pour voir si tu étais capable de devenir la danseuse que j'ai été, la danseuse que je ne puis même pas rêver de redevenir. Je suis convaincue, sans le moindre doute, que tu le peux. Cela te plairait-il? Tu aimerais devenir une danseuse étoile, Janet?

— Une danseuse? Je n'y ai jamais pensé, répondis-je franchement. Mais c'est vrai que j'aime bien danser. Et j'aime aussi la musique.

— Bien sûr que tu aimes ça, reprit-elle. Une personne qui possède autant de grâce naturelle et un tel sens du rythme ne peut qu'aimer la musique. Et tu aimeras danser, aussi. Tu aimeras le sentiment de puissance que cela donne. Tu éprouveras...

Elle ferma les yeux et inspira profondément. Lorsqu'elle les rouvrit, ils brillaient d'une lueur inquiétante.

— Tu sentiras que tu peux t'envoler comme un oiseau. Quand tu deviendras une excellente danseuse, et c'est ce que tu deviendras, tu te perdras dans la musique, Janet. Elle t'emportera, tout comme elle m'a emportée d'innombrables fois avant que je ne devienne infirme.

— Que vous est-il arrivé? osai-je demander.

Il était visible que parler de danse l'émouvait profondément mais son regard intense me rendait nerveuse et je baissai la tête.

Le sourire rêveur de Mrs. Delorice s'effaça. Elle jeta brièvement les yeux sur les bâtiments de l'orphelinat avant de les reposer sur moi.

— J'ai eu un accident de voiture. Sanford a perdu le contrôle du véhicule alors que nous revenions d'une soirée. Il avait un peu trop bu, bien qu'il n'ait jamais voulu l'admettre. Il a prétendu qu'il avait été aveuglé par les phares d'un semi-remorque. La voiture est sortie de la route et a heurté un arbre. Il portait sa ceinture mais j'avais oublié de boucler la mienne. La portière s'est ouverte et j'ai été éjectée. Ce qui m'a gravement endommagé la colonne vertébrale. J'ai failli mourir.

— Oh, je suis désolée! m'écriai-je.

— J'ai dépassé le stade des regrets. Durant des années je me suis lamentée, mais s'apitoyer sur soi-même ne sert à rien, Janet. Ne baisse jamais les bras. Cela rend incapable de réagir... Oh, s'écria-t-elle, les yeux à nouveau brillants, j'ai tellement de choses à te dire, à t'enseigner. Ça va être merveilleux pour nous deux. Je suis folle de joie. Toi aussi, n'est-ce pas?

— Oui.

C'était vrai mais tout allait un peu trop vite et je me sentais nerveuse et mal à l'aise.

Céline tourna la tête vers le bâtiment.

— Mais qu'est-ce qu'il fabrique? Je n'ai jamais vu un homme aussi lent. Oh, mais tu verras comme il est compréhensif et sensible. Il ferait tout pour moi et, maintenant, il fera tout pour toi aussi. Penses-y, Janet : pour la première fois de ta vie, tu vas avoir deux personnes qui se soucieront plus de toi que d'eux-mêmes. C'est vrai ce que je te dis là, chérie. Regarde-moi. Pourquoi me soucierais-je de moi désormais? Me voilà pour toujours prisonnière de ce corps handicapé, et Sanford... eh bien, Sanford ne vit plus que pour me rendre heureuse. Alors, tu vois, enchaîna-t-elle avec un petit rire, puisque mon bonheur dépend du tien, Sanford te chérira autant qu'il me chérit.

Elle garda le silence une seconde avant d'affirmer avec une force qui sonnait plus comme un ordre que comme un souhait :

— Tu seras heureuse, Janet. Je te le promets.

Sanford apparut alors sur le perron.

— Le voilà enfin, marmonna Céline. Allons-y, Janet chérie. Commençons ta nouvelle vie. C'est comme si tu naissais pour de vrai, tu ne trouves pas? D'ailleurs, nous considérerons ce jour comme celui de ton anniversaire. Pourquoi pas? Ça te convient? Cette idée m'enchante. Pas toi? Aujourd'hui, c'est ton anniversaire! claironna-t-elle avec ce petit rire strident que je commençais à connaître. Sanford! Sanford! Écoute : j'ai quelque chose à t'annoncer.

Je ne savais que dire. Mon anniversaire n'avait jamais été considéré comme un jour spécial. Sanford hâta le pas pour nous rejoindre.

— Cette journée est encore plus extraordinaire que nous le pensions. C'est l'anniversaire de Janet.

— Ah bon? fit-il, un peu troublé. Mais je croyais...

— C'est comme ça.

Les mots claquèrent dans l'espace et il se contenta de hocher la tête. Elle s'empara de ma main.

— Partons, dit-elle. Rentrons chez nous fêter cela.

L'air soudain accablé de Sanford ainsi que la lueur inquiétante que j'avais remarquée à plusieurs reprises dans le regard de Céline m'inquiétaient de plus en plus. Dans quel monde étrange étais-je entraînée?

✤ 2 ✤

J'avais beau y avoir vécu des années, quitter cet orphelinat ne me causait aucun regret. Mes adieux furent brefs. Ceux qui s'étaient si souvent moqués de moi me regardaient silencieusement, avec envie. Seule Margaret s'approcha de moi tandis que je rassemblais mes affaires et murmura :

— Quel genre de mère peut bien être une femme en fauteuil roulant ?

— Une femme qui veut m'aimer, répondis-je en la plantant là.

Elle en resta muette, rongée par la jalousie.

Céline attendait déjà dans la voiture. Sanford m'aida à enfourner mes bagages dans le coffre avant de m'ouvrir la portière, tel un chauffeur stylé. La voiture était aussi grande qu'une limousine; ses sièges en cuir étaient délicieusement moelleux et il y régnait un parfum de roses fraîches.

— Regarde-la, Sanford, dit Céline. Elle ne regrette pas du tout de quitter cet endroit. Je me trompe, chérie ?

— Non...

Le mot suivant eut du mal à sortir tant il me semblait étranger :

— ... Mère.

— Tu l'as entendue, Sanford ? Tu as entendu comment elle m'a appelée ?

— Oui, chérie.

Il se retourna et je le vis enfin sourire.

— Bienvenue dans notre famille, Janet.

— Merci, marmonnai-je, trop bas pour qu'ils puissent m'entendre.

— Nous avons eu une bonne conversation dans le jardin pendant que tu remplissais les formulaires, Sanford.

— Ah bon ?

— Janet m'a dit qu'elle adore danser.

— Oh, vraiment ?

J'avais dit que j'aimais danser mais ça n'allait pas jusqu'à l'adoration et, surtout, il ne s'agissait pas du genre de danse dont parlait Céline. Elle se tourna vers moi.

— Quand j'ai commencé à m'entraîner, j'étais plus jeune que toi, Janet. Ma mère m'a beaucoup soutenue, sans doute parce que sa propre mère, ma grand-mère Annie, avait été danseuse étoile. Quand j'ai dû m'arrêter, ça a brisé son cœur presque autant que le mien.

L'étrange lueur que j'avais déjà remarquée lorsqu'elle parlait de la danse et de son passé d'artiste animait à nouveau son regard. Elle inspira profondément et reprit d'un ton plus modéré :

— Mes parents sont toujours vivants. Ils habitent à Westchester dans la maison où mon frère Daniel et moi avons été élevés.

Mon cœur s'emballa. Rêver d'une maman et d'un papa, c'était une chose, mais imaginer toute une famille avec des grands-parents, des oncles et des tantes, c'en était carrément une autre. Peut-être y avait-il aussi des cousins, et parmi eux une fille de mon âge qui pourrait devenir ma meilleure amie.

— Malheureusement, les parents de Sanford ne sont plus, poursuivit-elle en regardant son mari. Sa sœur Marlène vit à Denver mais nous ne la voyons guère. Elle ne m'aime pas beaucoup.

— Céline, je t'en prie, souffla-t-il.

— Oui, Sanford a raison. Ne parlons pas de choses désagréables. Inutile que tu saches tout ce que j'ai dû subir. Tu as assez souffert toi-même durant ta pauvre petite vie. Tu n'as pas à te soucier non plus de la question d'argent. Nous sommes riches.

— Tu ne devrais pas parler de ça, Céline, protesta Sanford, qui parut aussitôt regretter son intervention.

— Pourquoi donc? Pourquoi n'en serais-je pas fière? Sanford possède une verrerie. Sans avoir l'importance de Corning, nous sommes leurs concurrents, n'est-ce pas, Sanford?

— Oui, chérie.

Son regard croisa brièvement le mien dans le rétroviseur.

— Quand tu seras installée, je te ferai visiter l'usine, promit-il.

— Tu la lui montreras, bien sûr, mais n'espère pas qu'elle y passe ses journées, Sanford. Le travail scolaire et la danse ne lui laisseront guère le temps de faire autre chose, affirma Céline.

Un frisson glacé me parcourut l'échine.

— Et si je ne suis pas capable de danser? demandai-je, terrifiée qu'en cas d'échec ils ne me renvoient à l'orphelinat.

— Pas capable? Ne dis pas de sottises, Janet. Je te l'ai dit, tu possèdes la grâce. Sans en être consciente, tu danses déjà. Quand tu marches, quand tu t'assieds, quand tu regardes les gens, tu danses. Ayant moi-même reçu ce don, je sais le reconnaître chez autrui. Tu n'échoueras pas. Je t'en empêcherai. Je serai ton soutien, ton tuteur, ton parachute. Tu n'auras pas à subir les déceptions que j'ai connues, promit Céline.

De plus en plus anxieuse, je croisai les bras. Quand j'étais plus jeune, j'imaginais que mes bras étaient ceux de ma mère et qu'elle m'étreignait. Je fermais les yeux et je humais le parfum de ses cheveux, la douceur de son visage, la chaleur de ses lèvres sur mon front. Céline me serrerait-elle un jour comme ça? Ou bien, coincée dans son fauteuil roulant, en serait-elle incapable?

Je regardai le paysage défiler. Le monde semblait être devenu liquide et couler de part et d'autre de la voiture comme un fleuve d'arbres, de maisons, de champs et même d'êtres humains. Je me sentais privilégiée entre tous mais peu d'entre eux nous remarquèrent. Ils auraient dû pourtant applaudir et crier à mon passage : je n'étais plus une orpheline!

— On dirait qu'il va pleuvoir, dit Sanford en désignant la masse sombre de nuages qui s'élevait à l'horizon.

— Oh, zut! fit Céline. Aujourd'hui, je veux du soleil toute la journée.

Sanford sourit et je sentis qu'il se détendait enfin.

— Je vais voir ce que je peux faire, dit-il.

Au regard qu'il lui jeta, je compris que, si c'était en son pouvoir, il façonnerait le climat et le monde entier selon les désirs de sa femme. C'était un regard éperdu d'amour, d'une certaine forme d'amour en tout cas.

Lorsque j'aperçus enfin la maison, je crus débarquer dans un conte de fées. Personne ne vivait pour de vrai dans une maison pareille, pensai-je alors que nous suivions la courbe d'une longue allée que bordaient des haies parfaitement taillées. Régulièrement espacés, des réverbères gris sombre soutenaient des lanternes en cuivre. Céline n'avait pas exagéré. Le parc était plus grand que celui de l'orphelinat. De gros érables répandaient leurs feuilles rouges comme des rubis et deux saules pleureurs se courbaient jusqu'au sol, formant une grotte ombragée. Je distinguai dans la pénombre deux bancs et une petite fontaine. Des écureuils sautaient d'un banc à l'autre, grimpaient aux arbres, couraient dans l'herbe avec une énergie allègre. Un lapin surgit de derrière un tronc, jeta un coup d'œil sur la voiture et s'enfuit dans les herbes hautes de la pelouse.

Je tournai la tête de l'autre côté pour examiner la maison. Le bâtiment n'avait qu'un étage et une véranda courait tout le long du rez-de-chaussée. Deux merles se pavanaient sur les quatre marches du perron. Sur la droite, une rampe avait été aménagée pour le fauteuil roulant de Céline. Un moineau y était si sereinement campé qu'on eût dit un jouet en peluche.

Tout semblait magique, comme si la baguette d'une fée y avait insufflé la vie.

— *Home sweet home*, dit Céline. Nous avons fait beaucoup de travaux pour moderniser cette maison. Elle est de style victorien.

J'ignorais ce que cela signifiait mais le ton me fit comprendre qu'il s'agissait d'un élément de plus à admirer.

Les murs étaient d'un blanc aveuglant, comme si les peintres venaient tout juste d'achever leur travail. Des miroirs ornaient le haut des deux battants de la porte et toutes les fenêtres du rez-de-chaussée et de l'étage portaient de fins voilages blancs. Seules celles du grenier étaient masquées par de lourds rideaux sombres.

— Ta chambre donne à l'est; c'est le soleil du matin qui te réveillera, dit Céline.

Un garage se dressait à droite de la demeure, mais Sanford arrêta la voiture devant la rampe et sauta à terre. Il sortit du coffre le fauteuil roulant qu'il déplia prestement avant d'aller ouvrir la portière de sa femme.

— Prends ses affaires, ordonna-t-elle dès qu'elle fut installée.

— Tu ne veux pas que je t'amène d'abord dans la maison ?

— Non. Je t'ai demandé de sortir ses affaires, répéta-t-elle sèchement. Où donc est cette Mildred ?

Je mis pied à terre et regardai la maison, ma nouvelle demeure. Le vœu de Céline avait été à moitié exaucé. Les nuages s'étaient écartés et le soleil faisait étinceler les vitres des fenêtres. Cela ne dura pas. Ils se ressoudèrent à nouveau et une ombre fraîche enveloppa la maison. Céline frissonna et resserra le châle que Sanford avait posé sur ses épaules.

— Qu'en penses-tu ? me demanda-t-elle.

— C'est magnifique.

La plupart des maisons où vivaient des familles me semblaient magnifiques, même si elles étaient deux fois plus petites et avaient coûté deux fois moins cher. Derrière les portes fermées et les rideaux tirés, des familles étaient attablées devant leur dîner ou regardaient la télévision. Des frères et des sœurs s'asticotaient, ce qui ne les empêchait pas d'échanger des confidences. Il y avait des épaules sur lesquelles s'appuyer, des lèvres pour effacer les larmes, des voix pour réchauffer le petit cœur glacé ou effrayé d'un enfant. Il y avait des papas avec des bras solides pour vous serrer, des papas qui sentaient l'after-shave et rapportaient avec eux l'odeur du dehors, des papas au sourire aimant ; et des mamans belles et douces dont le parfum subtil emplissait vos têtes et vos cœurs et vous donnait envie de devenir aussi belles et gentilles.

Oui, c'était une maison splendide. Mais toutes les maisons abritant une famille étaient splendides.

— Dépêche-toi, je t'en prie, Sanford, dit Céline en poussant sur les roues de son fauteuil pour l'amener jusqu'au pied de la rampe.

Le voyant déjà chargé de deux valises et d'un sac, je me précipitai pour la pousser. Elle se retourna aussitôt. A croire qu'elle avait des yeux derrière la tête.

— Non, Janet. Je ne veux pas que tu fasses quelque chose d'aussi dur. Tu ne peux pas te permettre de te claquer un tendon.

Je m'arrêtai, perplexe. Me claquer un tendon? Je n'avais aucune idée de ce que cela signifiait.

— Pas de problème, m'assura Sanford qui se débrouilla pour s'emparer du fauteuil sans lâcher les bagages.

Je le suivis sur la rampe. Arrivé sur le perron, il posa les valises et se hâta, clefs en main, vers la porte.

— Où est passée cette sotte? fulmina Céline.

De qui parlait-elle donc? Qui d'autre vivait dans cette splendide maison?

— Pas de problème, répéta Sanford en insérant une clef dans la serrure.

Céline se tourna vers moi avec un sourire.

— Maintenant, tu peux me pousser, ma chérie, dit-elle.

Je me glissai aussitôt derrière elle.

Sanford ouvrit la porte et nous entrâmes dans un vaste vestibule dont les deux côtés étaient tapissés d'immenses miroirs. A droite, se dressaient un porte-manteau et une petite table sur laquelle étaient disposées des brochures. Je m'approchai et reconnus des programmes de spectacles. La photo de Céline ornait la couverture de l'un d'eux; *La Belle au bois dormant*, disait le titre écrit en grosses lettres rouges.

— Je veux que tu voies d'abord le studio, dit-elle quand elle remarqua ce qui avait attiré mon attention. Sanford, monte ses affaires dans sa chambre et tâche de trouver Mildred. Nous revenons dans quelques minutes.

Je notai qu'un siège électrique était fixé à la rampe de l'escalier et qu'un autre fauteuil roulant attendait sur le palier. Je suivis Céline qui s'enfonçait dans la maison, tout en examinant avidement les tableaux et les photos accrochés aux murs. Tous montraient des danseurs et des danseuses en pleine action ; l'une d'entre elles ressemblait beaucoup à Céline.

— Voici le salon, dit-elle en désignant une pièce sur la gauche.

Un bref coup d'œil au passage me révéla un canapé rose et blanc, orné de franges, un fauteuil au coussin rouge et une cheminée en pierre surmontée d'un grand tableau de Céline en tutu.

— Nous y sommes, fit-elle en s'arrêtant sur le seuil d'une autre pièce.

Elle était vaste et complètement vide ; un parquet lisse mais non ciré recouvraient le sol. D'immenses glaces tapissaient les murs et sur l'un des côtés s'étirait une longue barre en bois.

— Voici mon studio ; à présent, c'est le tien, annonça Céline. J'ai fait abattre un mur pour relier deux pièces. Tu ne dois pas lésiner quand ton art est en jeu.

— Mon art ?

— Bien sûr, Janet. Je vais t'offrir le meilleur professeur qui soit, Mme Malisorf ; on l'appelle Madame avec un M majuscule. Elle a fait travailler de très célèbres danseuses russes et elle-même a été une danseuse étoile accomplie.

L'expression étrange et lointaine éclairait à nouveau son visage.

— Je ne connais vraiment rien à la danse classique, remarquai-je d'une voix tremblante.

Allait-elle me renvoyer à l'orphelinat dès qu'elle aurait remarqué ma gaucherie ?

— C'est parfait. Je préfère que tu n'y connaisses rien, répliqua-t-elle en prenant ma main.

— Ah bon ?

— Oui. Comme ça, tu es encore pure et innocente ; aucun professeur médiocre n'a pu te contaminer. Madame sera contente. Elle aime travailler sur un talent que rien n'a corrompu.

— Mais je n'ai aucun talent.

— Bien sûr que si.

— Je n'ai jamais regardé de ballet, pas même à la télévision, avouai-je.

Elle éclata de rire et je fus soulagée de voir réapparaître son visage normal.

— Évidemment. Cela n'a rien d'étonnant, vu l'endroit où tu vivais et les malheureux enfants qui t'entouraient. Tu ne dois pas avoir peur, dit-elle d'une voix apaisante en serrant ma main. La danse classique n'est pas aussi difficile que tu l'imagines ; ce n'est pas un art mystérieux réservé aux riches. C'est seulement une autre façon de raconter une histoire. Le ballet est la base de toute danse moderne occidentale. D'ailleurs, on conseille aux gens qui veulent pratiquer ces nouvelles danses de façon professionnelle de commencer par apprendre la danse classique.

— Vraiment ?

— Bien sûr... Donc, tu vois, tu vas apprendre quelque chose qui, de toute façon, te sera utile dans la vie. Tu acquerras un port de reine, des gestes gracieux, le sens du rythme et de la beauté. Tu seras ma danseuse étoile, Janet.

Elle me regardait avec tant d'espoir et d'amour que je ne pus m'empêcher de lui sourire. Une porte claqua soudain dans la maison et des pas dévalèrent l'escalier. Céline fit pivoter son fauteuil. Je me retournai et vis surgir du couloir une jeune fille blonde. Vêtue d'un uniforme de domestique, elle avait de grands yeux bruns, un nez un peu trop long, une bouche un peu trop large et un menton en galoche.

— Je suis désolée, Mrs. Delorice. Je ne vous ai pas entendue arriver.

— Sans doute parce que vous écoutiez cette horrible musique avec les écouteurs enfoncés dans les oreilles, répliqua Céline.

Secouant la tête frénétiquement, la jeune fille parut se recroqueviller.

— Cessez de pleurnicher, Mildred. Voici notre fille Janet, jeta Céline d'un ton sec. Janet, je te présente notre employée, Mildred Stemple, ajouta-t-elle d'un ton plus aimable.

— Bonjour, fit Mildred en s'inclinant.

Son sourire modifia ses traits et la rendit franchement jolie.

— Appelez-moi Milly, dit-elle aussitôt.

— Non, corrigea Céline à mon intention. Elle s'appelle Mildred et tu l'appelleras Mildred.

Le sourire de la jeune fille s'effaça.

— Bonjour... Mildred, dis-je docilement.

— Je vérifiais que sa chambre était prête, reprit Mildred pour expliquer son manque d'empressement à nous accueillir.

— Il faut toujours que vous fassiez les choses à la dernière minute, Mildred. Je me demande bien pourquoi je vous garde à mon service. Nous dînerons tôt ce soir. Vous avez fait cuire la dinde ?

— Oh oui, Mrs. Delorice.

— Eh bien, tâchez que le reste soit prêt à temps.

Mildred m'adressa un bref sourire et quitta la pièce. Céline leva les yeux au ciel d'un air exaspéré.

— Cette fille, c'est ma bonne action... Revenons à notre sujet. Mme Malisorf viendra te voir après-demain.

— Après-demain ?

— Nous n'avons pas de temps à perdre, ma chérie. Pour la danse, et surtout pour la danse classique, l'entraînement est très important. Je regrette de ne pas t'avoir repérée il y a un ou deux ans, quand tu étais plus jeune. Ç'aurait été plus facile, mais ne te tracasse pas. Tu es encore à l'âge idéal. Tu commenceras par une série d'exercices destinés à développer tes muscles. De toute façon, afin de prévenir toute blessure, il faut s'échauffer et s'étirer longtemps avant chaque leçon. C'est ce qu'on appelle le travail à la barre. Tu verras ça.

— La barre ?

— C'est cette barre que tu vois là, le long du mur. Le terme est français. Comme tous les termes de la danse classique qui a été inventée en France. La barre aide à trouver son équilibre ; elle offre sa résistance quand on s'y appuie et permet d'allonger la colonne vertébrale... Considère-la comme ton premier partenaire, ajouta-t-elle en riant. Moi, je lui avais donné un nom, Pierre, précisa-t-elle avec une prononciation française parfaite. Je suis sûre que, toi aussi, tu sauras trouver le nom de ton premier partenaire.

Je fixai le long morceau de bois ; comment parviendrais-je jamais à le prendre pour un être humain ?

— Viens, chérie. Nous avons tant à faire. Dès

demain matin, il faut que je t'emmène essayer des chaussons de pointe, un maillot, des collants, et tout et tout.

— Et l'école?

Elle sortit de la pièce sans me répondre et ne s'arrêta qu'au pied de l'escalier.

— Ne t'inquiète pas, dit-elle enfin. Je t'ai inscrite dans une école privée. Nous pourrons nous en occuper plus tard. Les choses importantes d'abord, déclara-t-elle en agrippant l'accoudoir de l'espèce de télésiège accroché à la rampe.

Les choses importantes d'abord? Le travail scolaire n'en faisait donc pas partie?

— Attends, chérie, je vais t'aider, dit Sanford qui descendait l'escalier.

— Ça va très bien, répondit-elle en se glissant dans le fauteuil électrique.

Elle appuya sur un bouton et l'engin se mit à remonter le long de la rampe. Je la regardai. Le visage rayonnant, elle s'élevait lentement au-dessus de nous.

— C'est merveilleux, murmura Sanford à mon intention. Ta venue lui a insufflé une nouvelle énergie. Quelle chance nous avons de t'accueillir parmi nous, ma chérie...

Levant les yeux sur lui, je me demandai ce que j'avais bien pu faire pour apporter tant de bonheur à deux personnes qui, quelques heures plus tôt, m'étaient parfaitement inconnues. Pourvu qu'ils ne m'aient pas prise pour quelqu'un d'autre...

Bouche bée, je restai pétrifiée sur le seuil de ma future chambre. Jamais, dans mes rêves les plus fous, je n'aurais pu imaginer vivre dans une pièce aussi belle, aussi grande et confortable. Et c'était la première fois que j'avais une chambre pour moi toute seule!

— Elle te plaît? demanda Céline d'un ton fébrile.

Je restai muette. Si elle me plaisait? Le mot était faible. C'était vraiment là que j'allais dormir? Vivre et travailler?

— Que c'est grand... balbutiai-je.

J'hésitais à entrer, de peur qu'aussitôt le beau rêve n'éclate comme une bulle de savon. Céline me précéda. Les mains sur mes épaules, Sanford resta derrière moi tandis que sa femme inspectait la pièce et s'assurait que Mildred avait bien fait son travail.

— Parfait. Tes affaires ont été mises de côté, dit-elle. Dès demain matin, nous ferons des courses pour t'acheter quelques vêtements corrects.

— J'aimerais passer d'abord à l'usine, chérie. Je n'en aurai que pour un instant, je reviendrai tout de suite et... suggéra timidement Sanford.

— Tu peux te passer de ta précieuse boîte une journée de plus, Sanford. Ton directeur est bien assez compétent... De toute façon, qu'est-ce qui est le plus important? ajouta-t-elle en le fixant.

Il garda le silence.

Fuyant leurs propos et leurs regards nerveux, j'entrai dans ma chambre. Les rideaux, le canapé, les coussins et la couette qui recouvrait le lit à baldaquin étaient d'un rose tendre. Un bureau en bois blanc cassé soutenait une lampe dont le pied avait la forme d'un canard. D'innombrables photographies de danseurs ornaient les murs.

— Ce sont des scènes de ballets célèbres, expliqua Céline. Celle-là, c'est *Le Lac des cygnes* et celle-ci *Le Jeune Homme et la Mort*. L'autre, là-bas, c'est *Roméo et Juliette*. Je veux que tu baignes dans la danse — que tu t'en nourrisses, que tu t'en abreuves, que tu en peuples ton sommeil, tout comme moi autrefois. Un jour, tu ne te soucieras de rien d'autre.

C'était un ordre, je le compris sans ambiguïté. Elle fit rouler son fauteuil jusqu'à un placard qu'elle ouvrit.

— Ici, tu trouveras des cassettes et des CD que tu dois écouter jusqu'à ce que tu les connaisses au point de te mettre à les fredonner sans y penser. La musique doit devenir une partie de toi-même. Comme moi, tu l'entendras partout, où que tu sois, et tout à coup tu auras envie d'exécuter une pirouette ou un changement de pied.

— Un changement de pied? Qu'est-ce que c'est?

Elle regarda Sanford et sourit.

— On a souvent besoin de changer la position des pieds, de mettre le pied gauche en avant au lieu du pied droit, ou l'inverse. Un changement de pied, c'est un bond à la suite duquel on atterrit dans la nouvelle position. Ne t'inquiète pas, ce n'est pas aussi difficile que ça en a l'air. Et, pour toi, ce le sera encore moins.

Je jetai un coup d'œil à Sanford pour voir s'il éprouvait autant d'assurance en ce qui concernait mes capacités. Ses yeux souriaient.

— Laisse-la examiner sa nouvelle chambre, Céline.

— Bien sûr, fit-elle en reculant. Ta salle de bains est derrière cette porte.

Je passai la tête et vis une vaste baignoire ronde, une cabine de douche, des robinets en cuivre et des serviettes sur lesquelles était écrit quelque chose. Je m'approchai pour lire.

— Les serviettes sont à mon nom! m'exclamai-je.

Sanford éclata de rire.

— Et aussi le verre à dents et le petit porte-savon, ajouta-t-il.

— Mais comment avez-vous pu faire ça aussi vite?

Ma question le mit en joie.

— Rappelle-toi que j'ai une verrerie, et quelques relations dans d'autres entreprises.

— Mais comment étiez-vous sûrs que je viendrais vivre ici? insistai-je.

Son regard se posa sur Céline qui m'avait rejointe dans la salle de bains.

— Je te l'ai dit, ma chérie. Dès que je t'ai vue, j'ai su que c'était toi. Toi seule. Nous étions destinés à former une famille.

J'eus l'impression que mon cœur allait exploser de joie. Un lit et des meubles magnifiques, des articles de toilette personnalisés, de nouveaux vêtements, tout ce que j'avais pu rêver d'avoir un jour m'était soudain offert. C'était Noël, au beau milieu du printemps.

— Es-tu heureuse? demanda Sanford.

— Oh, oui!

J'avais carrément crié; même Mrs. McGuire aurait été satisfaite.

— Je vais appeler Mme Malisorf, dit Céline, et confirmer ta première leçon pour après-demain. Je suis tellement excitée! Je me demande si nous ne pourrions pas avancer ce rendez-vous à demain... Non, soyons raisonnables. Demain, nous devons acheter tes chaussons et ta tenue de danse. Il ne faut pas mettre la charrue avant les bœufs.

— Tu ne devrais pas attendre un peu avant d'acheter des chaussons de pointe? demanda timidement Sanford.

— Absolument pas, protesta Céline. Janet va devenir la meilleure élève qu'ait jamais eue Madame. Après moi, bien sûr. Quelle merveilleuse journée!

Elle tendit les deux bras et attrapa ma main et celle de Sanford. Son regard se brouilla.

— Enfin, nous formons une vraie famille! s'exclama-t-elle.

Je crus que les larmes qui s'étaient accumulées sous mes paupières allaient ruisseler, mais non, elles restèrent là, attendant une autre occasion.

Après avoir enfilé un jean, un chemisier et des mocassins, je m'aventurai dans le couloir. Je passai devant une porte fermée puis devant une autre, grande ouverte, qui donnait sur la chambre des Delorice. Céline se reposait sur son lit. Craignant d'avoir l'air de les épier, je fis demi-tour. Entendant mon nom, prononcé par Céline, je m'arrêtai.

— Maintenant qu'elle est chez nous, Janet va s'épanouir comme une fleur, tu ne crois pas, Sanford?

— Oui, chérie. Mais, je t'en prie, repose-toi un peu. La journée a été longue et éprouvante pour nous tous.

— Et alors, poursuivit Céline sans tenir compte

du conseil, elle éblouira le public, tout comme j'étais destinée à le faire.

Éblouir un public? Moi? Celle que, depuis toujours, les autres enfants traitaient de poule mouillée? Celle qui parlait si bas que même son voisin ne l'entendait pas? Danser devant un public et l'éblouir? Comment le pourrais-je? Dès que Céline et Sanford s'apercevraient que je n'en étais pas capable, ils me renverraient. J'en étais si convaincue que mon cœur se recroquevilla dans ma poitrine en un petit nœud douloureux. Cette belle chambre, cette splendide demeure, tout n'était en fait qu'un rêve. Tête basse, je descendis lentement l'escalier.

Je déambulai dans le salon et regardai le tableau de Céline suspendu au-dessus de la cheminée. L'artiste l'avait saisie au milieu d'un saut, peut-être ce fameux changement de pied qu'elle venait de me décrire. Ses jambes, celles qui à présent gisaient inertes sous une couverture, étaient bien galbées et vigoureuses. On eût dit un oiseau qui s'élevait dans le ciel, sans effort apparent, comme je le ferais un jour, selon Céline. Qu'elle était belle et gracieuse, se détachant ainsi sur l'arrière-plan sombre du tableau! L'œuvre était si vivante que j'avais l'impression qu'elle allait atterrir devant moi.

— Ah, te voilà!

Je me retournai et découvris Sanford qui m'observait du seuil de la pièce.

— Céline se repose un instant. Viens, je vais te montrer le parc. Nous allons voir le lac.

En l'absence de sa femme, il s'exprimait d'une voix complètement différente, plus détendue, me sembla-t-il.

Conformément au vœu de Céline, le ciel s'était enfin éclairci et je me demandai si tout sur terre, êtres humains et éléments naturels, était contraint d'obéir à ses ordres.

— Par ici, fit Sanford en m'entraînant vers la droite du parc.

Le corps penché en avant, les mains croisées dans le dos, il marchait à longues enjambées, une pour deux des miennes.

— Cette maison a été une vraie trouvaille. Quand nous l'avons achetée, elle était en bon état malgré son ancienneté mais nous avons fait quand même un certain nombre de changements et d'améliorations. Je suis sûr que tu y seras aussi heureuse que nous y avons été, Janet.

Avec un sourire, il me désigna la colline qui se dressait devant nous.

— Le lac se trouve juste de l'autre côté. Il y a un canot à rames mais cela fait longtemps que nous ne l'avons pas utilisé. Est-ce que tu sais nager ?

— Non, monsieur.

Je m'arrêtai là, de crainte d'ajouter pour la énième fois : « Je ne sais pas. » Je ne sais pas danser. Je ne sais pas nager. Je ne sais rien faire. Saurai-je seulement rester chez vous ?

— Oh, eh bien, nous y remédierons avant l'été mais, je t'en supplie, ne m'appelle pas monsieur. Si tu n'arrives pas encore à m'appeler papa, appelle-moi Sanford, d'accord ?

Son regard chaleureux me détendit et je lui rendis son sourire. Il me serait plus facile de plaire à Sanford qu'à Céline, j'en étais déjà à peu près convaincue.

— Une entreprise de jardinage vient deux fois par semaine s'occuper du parc. Je n'ai pas fait couper les bois afin de protéger notre intimité et de nous donner l'impression de vivre en pleine nature.

Mais, en fait, nous ne sommes pas loin de la ville. L'école privée dont tu suivras les cours n'est qu'à une vingtaine de kilomètres d'ici. Céline a déjà tout organisé. Je n'ai plus qu'à t'y emmener pour te présenter à la directrice.

— Elle m'a déjà inscrite?

Il me parut étrange que Céline ait organisé ma vie, notre vie, avant même que je ne la rencontre. Et si j'avais refusé de les suivre? Mais, bien sûr, je n'étais qu'une orpheline et les orphelins ne disent jamais non.

Mon expression perplexe le fit rire.

— Oui, Céline a préparé ta venue ici dès qu'elle a posé les yeux sur toi, Janet. Je n'oublierai jamais ce jour-là. Elle était si excitée qu'elle ne trouvait pas le sommeil et qu'elle ne cessait de parler de toi. Elle a parlé jusqu'au milieu de la nuit et, lorsque je me suis réveillé le lendemain matin, ton nom était déjà sur ses lèvres.

Au lieu de me remplir de joie, ces mots m'effrayèrent. Que voyait donc Céline en moi que je n'avais pas remarqué, que personne en treize ans n'avait remarqué? Que se passerait-il si elle se trompait?

— Comment se fait-il que vous n'ayez pas d'enfants? demandai-je.

Il marcha en silence quelques minutes et je crus qu'il ne m'avait pas entendue, puis il s'arrêta, regarda la maison qui se dressait derrière nous et poussa un soupir. Son visage avait repris l'expression accablée qui m'avait frappée dès les premières minutes.

— J'ai toujours désiré avoir des enfants. Au début de notre mariage, je prévoyais de fonder une famille et c'est pour ça que nous avons acheté une aussi grande maison. Mais Céline était absorbée corps et âme par sa carrière et elle s'était mis dans la tête qu'être enceinte et donner le jour à un enfant nuirait à son talent... De toute façon, poursuivit-il en se remettant à marcher, elle aurait été la première à admettre qu'elle n'avait guère le caractère à s'occuper d'enfants. On aurait du mal à trouver quelqu'un d'humeur aussi changeante. J'ai toujours eu l'impression d'être un mauvais météorologiste, pas plus capable d'annoncer les jours de tempête que ceux de grand beau temps. A un moment donné, elle riait, elle était heureuse et gaie; l'instant d'après, à cause d'une répétition qui n'avait pas marché comme elle voulait, je la voyais sombrer dans la mélancolie et se flétrir comme une fleur assoiffée. Rien de ce que j'aurais pu dire alors ne l'aurait consolée. Mais, fit-il en me souriant à nouveau, maintenant que tu es là, tout va changer. Il n'y aura plus de jours sombres.

Comment pourrais-je rendre Céline heureuse au point de lui faire oublier ses jambes? Est-ce que me regarder danser la consolerait de ne pouvoir le faire elle-même? Comment pouvais-je être responsable de son bonheur? J'étais trop petite, trop timide. Jamais je n'en serais capable.

— Chaque soir, en revenant de l'usine, j'avais l'impression de marcher pieds nus sur du verre brisé.

La voix de Sanford venait d'interrompre mes réflexions. C'était agréable de l'écouter m'ouvrir son cœur comme si j'étais déjà un membre de sa famille. J'aurais cependant préféré des aveux plus gais; plus il parlait, plus je me rendais compte de la tristesse et de l'amertume dans lesquelles vivait cet homme.

— Les humeurs de Céline ont toujours été totalement imprévisibles et, après l'accident, cela a empiré. Mais, maintenant, tout va être différent, conclut-il d'un ton euphorique quelque peu forcé.

Nous nous arrêtâmes en haut de la colline et regardâmes le lac. Sa surface lisse comme de la glace étincelait au soleil. Amarré au ponton, un canot dansait doucement.

— Ce n'est pas un très grand lac, il a un peu moins d'un kilomètre de large ; mais c'est agréable d'avoir un plan d'eau dans sa propriété. Et, à la fin de l'été, le passage des oies sauvages est un spectacle magnifique. Tu verras ça.

L'entendre prévoir que mon séjour se prolongerait aussi longtemps, peut-être toujours, me fit grand plaisir.

— C'est ravissant, dis-je, soulagée qu'il ait changé de sujet.

— Oui, fit-il.

Il parut rêvasser un instant puis me regarda.

— J'ai tellement parlé de nous que tu n'as pu rien dire de toi. Qu'est-ce que tu aimes faire ? As-tu déjà fait du patin à glace ?

Je secouai la tête.

— Le ski non plus, j'imagine. Tu pratiques un sport ?

— A l'école, uniquement. Pas à l'orphelinat.

— Et les livres ? Tu aimes lire ?

— Oh oui !

— Bien. Nous avons une bibliothèque bien fournie. Moi aussi, j'aime lire. Tu aimes sûrement regarder la télévision.

Je fis oui de la tête.

— Et le cinéma ?

— Je n'y suis pas allée souvent.

En fait, j'aurais pu compter les fois sur les doigts d'une main.

— Ta vie va changer du tout au tout, Janet. La nôtre aussi. Cette perspective m'enchante. Viens, je vais te montrer où poussent les framboises.

Je me hâtai à sa suite. Des framboises, un lac avec un canot, des parterres fleuris, des jardiniers, une école privée et de nouveaux vêtements... j'en venais à me prendre pour Cendrillon ! Il ne me restait plus qu'à espérer que les douze coups de minuit sonnent le plus tard possible, ou que le carillon tombe carrément en panne.

Ce soir-là, lors de mon premier dîner dans ma nouvelle maison, Céline portait une robe en jersey rouge, des boucles d'oreilles en or et un collier avec un camée enchâssé dans une monture en or. Elle était très belle. Sanford avait mis un costume et une cravate. Quant à moi, j'avais dû me contenter de la robe bleue usagée que je portais le matin même.

Un grand lustre éclairait la salle à manger. La vaisselle, les serviettes, les bougies, l'argenterie étaient d'un tel luxe que j'osais à peine les toucher. Sanford et Céline se faisaient face aux deux extrémités de la table et m'avaient fait asseoir sur le côté. Mildred apporta le premier plat dès que nous fûmes installés. Se faire servir par une domestique me fit une impression étrange. A l'orphelinat, du jour où nous étions devenus capables de nous occuper de nous-mêmes, plus personne ne nous servait.

Céline picorait comme un oiseau tandis que Sanford me montrait quel instrument utiliser à quel moment et m'expliquait les usages à observer à table. Tout était délicieux et j'avais très faim mais Céline ne me permit pas de manger autant que je l'aurais voulu.

— Ne lui repasse pas les pommes de terre, dit-elle à Sanford comme il poussait le plat dans ma direction. Désormais, elle doit suivre son régime. Les danseurs, poursuivit-elle en se tournant vers moi, doivent surveiller leur silhouette. Les kilos inutiles ralentissent et rendent gauche. J'ai beau ne plus danser, je continue à surveiller mon poids. Les habitudes bien ancrées finissent par faire partie de notre personnalité. Ne l'oublie pas, Janet. Je te transmets toute mon expérience, une expérience qui m'a été transmise par des générations de danseurs accomplis.

Ce soir-là, je quittai la table l'estomac insatisfait, ce qui ne m'était jamais arrivé à l'orphelinat. Comme c'était bizarre de voir toutes ces choses délicieuses défiler sous son nez et de s'interdire d'y toucher! Chaque fois que Sanford me passait un plat, je jetais un coup d'œil à Céline et, si elle fronçait les sourcils, je le repoussais. Laisser passer le gâteau au chocolat nappé de crème fit gronder mon estomac frustré.

— Tu remarqueras, dit Céline en quittant la salle à manger, qu'il n'y a pas de télévision dans ta chambre. Je sais que les adolescents adorent rester collés devant, des heures et des heures durant, mais, entre ton travail scolaire et tes leçons de danse, tu n'auras pas de temps à perdre, surtout pas pour des activités aussi frivoles. Moi, à ton âge, je ne regardais jamais la télévision.

— Je ne la regardais guère à l'orphelinat, répondis-je. Il n'y en avait qu'une, installée dans la salle de jeux, et, comme c'étaient les garçons les plus âgés qui décidaient du programme, je préférais lire.

— Parfait. J'ai un livre sur la danse classique que je voudrais que tu commences dès ce soir, dit-elle en me précédant dans le salon.

Elle alla jusqu'à la bibliothèque et prit un volume qu'elle me tendit.

— Toutes les notions de base y sont détaillées. Comme ça, tu n'auras pas l'air trop bête lorsque tu rencontreras Mme Malisorf après-demain.

— Oh, elle est bien trop excitée ce soir pour lire et retenir tout ça, Céline, dit Sanford.

Je me fis la remarque que s'il osait parler plus fort, Céline prêterait peut-être attention à ses conseils.

— En voilà une sottise! Je pense plutôt qu'elle est lasse et qu'elle n'a qu'une envie, c'est de monter se coucher et lire un peu au lit.

Elle se tourna vers moi, attendant mon acquiescement. Je regardai Sanford, puis le livre que je tenais précieusement à deux mains, et enfin Céline.

— Oui, je suis fatiguée.

— Bien sûr. Ce n'est pas tous les jours qu'on commence une nouvelle vie, dit-elle en me prenant la main. Nous nous ressemblons tellement, toi et moi, que c'est comme si tu étais réellement ma fille.

Des larmes apparurent dans ses yeux et, du coup, dans les miens. A l'idée de trouver enfin un amour sincère, un bonheur réel, mon cœur s'emballa.

— Passe une bonne nuit, dit-elle. Et bienvenue dans ta nouvelle maison.

Elle m'attira à elle et m'embrassa sur la joue. C'était la première fois de ma vie qu'une femme qui avait choisi d'être ma mère m'embrassait. Je refoulai des larmes de joie et me dirigeai vers la porte. Sanford m'arrêta au passage et m'embrassa lui aussi sur la joue.

— Bonne nuit, Janet. N'hésite pas à m'appeler si tu as besoin de quelque chose.

44

Je le remerciai et me précipitai dans l'escalier, le livre sur la danse classique pressé contre mon cœur.

Puis je poussai la porte de ma chambre et restai sur le seuil, éblouie.

Enfin, j'avais une maison.

Enfin, j'étais l'enfant de quelqu'un.

Céline avait tellement hâte de se lancer dans les préparatifs de ma première leçon de danse qu'elle fit irruption dans ma chambre avant que j'aie ouvert les yeux. La veille au soir, après avoir enfin posé la tête sur l'oreiller moelleux, je m'étais tournée sur le côté pour me regarder dans la glace murale. Le lit était si vaste que je paraissais encore plus petite. Ce spectacle incongru me fit pouffer de rire. Mais c'était aussi un lit extrêmement confortable, beaucoup plus que tous ceux dans lesquels j'avais dormi jusque-là, et les draps propres et bien repassés avaient un parfum si frais et si délicieux que je m'endormis aussitôt.

— Debout, là-dedans! claironna Céline en déboulant dans ma chambre. Nous avons un tas de choses à faire aujourd'hui, Janet.

Je me frottai les yeux et me redressai.

— Oh, tu as dormi dans tes sous-vêtements! s'écria-t-elle. Tu n'as pas de chemise de nuit?

— Non.

— Comment peuvent-ils lâcher des enfants dans le monde sans même une chemise de nuit ou un pyjama? Debout, debout. Va vite te laver, habille-toi et descends déjeuner. Je te donne un quart d'heure ; ensuite, nous partirons faire nos courses.

Elle fit un demi-tour sec et me laissa. Je me hâtai d'obéir et, dix minutes plus tard, je descendais l'escalier. Sanford portait déjà veston et cravate et déjeunait en lisant son journal.

— Mildred ? appela Céline dès que je mis le pied dans la salle à manger.

Mildred apporta aussitôt un verre de jus d'orange, un toast beurré et, ce que, jusqu'à présent, je n'avais jamais mangé à cette heure-là : un œuf poché. J'examinai le plateau avec ahurissement.

— Tu démarres ton régime dès maintenant, expliqua Céline.

— Un régime ?

C'était la première fois de ma vie qu'on me reprochait d'avoir des kilos en trop.

— Mais je ne suis pas grosse.

Céline éclata de rire.

— Ce n'est pas seulement pour perdre du poids qu'on suit un régime. Dans ton cas, suivre un régime veut dire manger ce qu'il faut. Les danseurs sont des athlètes et doivent vivre et s'alimenter comme des athlètes, Janet... Vas-y, mange !

Sanford abaissa son journal et m'adressa un sourire aimable.

— Tu as bien dormi ?

— Oui.

Céline se pencha vers moi et murmura :

— Papa.

— Oui, papa, rectifiai-je.

— Bien, dit-il. Bien.

Il reprit sa lecture tandis que Céline m'exposait notre emploi du temps.

— J'ai pris rendez-vous dans une boutique qui

vend des chaussons, puis dans une autre pour le reste de ta tenue de danse. Après cela, nous irons dans un grand magasin pour t'acheter des vêtements normaux, des sous-vêtements et une jolie veste... Oh, et une chemise de nuit.

— Et l'école? demandai-je entre deux bouchées.

A l'idée d'avoir de nouveaux professeurs et de nouveaux camarades, j'étais à la fois très excitée et un peu inquiète.

— L'école peut attendre un jour de plus, déclara Céline. Je suis sûre que tu es une bonne élève et qu'il ne te faudra pas longtemps pour rattraper les autres.

Certes, j'étais bonne élève mais une telle confiance dans mes capacités me laissait perplexe. Sanford replia son journal et but une gorgée de café.

— Après tout ce programme, nous passerons à l'usine.

— S'il nous reste du temps, corrigea Céline.

J'avais à peine avalé ma dernière bouchée qu'elle s'écarta de la table et m'envoya dans ma salle de bains pour me brosser les dents et « faire mes petites affaires ». Nous devions nous retrouver devant la porte d'entrée dix minutes plus tard.

Avec Céline, l'emploi du temps était strict et chaque opération ne devait durer que cinq ou dix minutes, pas plus. Pour une femme en fauteuil roulant, elle débordait d'énergie. Tout en grimpant l'escalier quatre à quatre, je me dis que cela tenait du marathon mais il n'était pas question que je me plaigne. Sanford semblait très heureux de l'enthousiasme de sa femme et tous deux ne voulaient que mon bonheur.

Quand je revins, Céline attendait déjà dans la voiture et Sanford glissait le fauteuil dans le coffre.

— Dépêche-toi! cria-t-elle. Je veux que tout soit fait aujourd'hui.

Je me jetai sur la banquette et, une demi-minute plus tard, nous partions.

— Trouver de bons chaussons de pointe est essentiel pour bien danser, expliqua Céline. Pour la danse classique, plus que pour toute autre chose peut-être, les préparatifs sont extrêmement importants. Tes chaussons doivent t'aller comme une seconde peau. On ne prévoit pas de marge : dès qu'ils deviennent trop petits, on en rachète. Lorsque tu les enfileras avant de travailler, ne serre pas trop les lacets. Tu risquerais de te blesser le tendon d'Achille. Montre-moi tes pieds, ordonna-t-elle soudain.

— Mes pieds?

— Oui, tes pieds. Il faut que je vérifie quelque chose. J'aurais dû le faire avant, marmonna-t-elle.

J'ôtai mes mocassins et mes socquettes. Elle tendit les mains entre les sièges, tira mes pieds et examina mes orteils.

— Oh! cria-t-elle. Ces ongles sont trop longs. Ils ne t'ont donc rien appris dans cet orphelinat? Tes ongles de pied doivent toujours être taillés court. Coupe-les tous les matins. Tous les matins, tu entends?

— Oui, fis-je avec un hochement de tête.

Elle fouilla dans son sac et en sortit un coupe-ongles qu'elle me tendit; puis, à moitié tournée vers moi, elle attendit que je me mette à l'œuvre. Mes mains tremblaient tellement que je risquais de me blesser mais l'air irrité de Céline ne me laissait pas le choix.

— Tu es sûre que le magasin sera déjà ouvert? demanda Sanford comme nous approchions du quartier commerçant.

— Bien sûr. J'ai pris rendez-vous. Ils savent combien c'est important pour moi, répondit-elle d'une voix radoucie.

Les ongles taillés, je me rechaussai rapidement. La voiture ralentit et s'arrêta devant un petit magasin. Sanford bondit pour ouvrir le coffre et sortir le fauteuil roulant.

— C'est horripilant d'attendre ce fichu truc, et Sanford est plus lent qu'une tortue, marmonna Céline.

J'aurais aimé être aussi excitée qu'elle à l'idée d'essayer des chaussons de danse, mais l'impression d'avoir été entraînée dans un tourbillon me bloquait la respiration.

— Viens vite, Janet. Nous sommes en retard! s'écria-t-elle dès qu'elle fut installée dans son fauteuil.

Nous poussâmes la porte; un homme rond et court sur pattes sortit de l'arrière-boutique en se dandinant. Son crâne chauve et ses lunettes brillaient sous la lumière électrique.

— Bonjour, Mrs. Delorice. Quel plaisir de vous...

— Voici l'enfant, l'interrompit Céline. Janet, assieds-toi et déchausse-toi.

Le vendeur salua Sanford.

— Bonjour, Mr. Delorice.

— Bonjour, Charles. Vous allez bien?

— Bien, très bien.

— Je vous en prie, venons-en aux choses sérieuses, intervint Céline.

Fronçant les sourcils, Charles s'accroupit pour examiner mes pieds. Il les prit dans ses mains aussi délicatement que s'il s'agissait de joyaux et les tourna d'un côté et de l'autre. Puis il tripota mes orteils et me pétrit doucement le talon.

— Parfait, dit-il enfin.

— Elle a beau être petite, elle est robuste, assura Céline.

— Oh, je vois le potentiel, Mrs. Delorice, oui. Passons aux essayages.

L'air sincèrement satisfait de ce qu'il avait vu, il se releva et disparut dans l'arrière-boutique.

— Tous ses chaussons sont faits main, expliqua Céline. Il n'y a ni pied droit ni pied gauche ; alors, ne t'en fais pas pour ça.

— Ils doivent coûter une fortune, remarquai-je, en espérant qu'elle ne gaspillait pas son argent pour rien.

— Bien sûr. S'ils sont de bonne qualité, ils coûtent cher, mais il te faut ce qui se fait de mieux. Je te l'ai dit : pour nous, danseurs, l'équipement, la tenue, tous les menus préparatifs sont essentiels, Janet. Il n'y a rien d'insignifiant.

C'était la première fois qu'elle s'incluait dans l'opération, comme si elle allait s'extirper de son fauteuil roulant et exécuter une pirouette au beau milieu du magasin.

Charles rapporta trois paires et me les essaya. Prenant part à tout cela aussi activement que lui, Céline me fit lever et marcher devant elle.

— Quelle gracieuse jeune personne ! dit Charles.

Tous ces compliments commençaient à faire leur effet et j'en vins à me demander si Céline n'avait pas raison, finalement. Peut-être étais-je capable de devenir une danseuse...

— Oui ! s'écria Céline, les yeux brillants. Comment te sens-tu dans ceux-ci, Janet ? Rappelle-toi, je veux qu'ils te donnent l'impression d'être dans une seconde peau.

— Il me semble que ça va.

En réalité, je n'en savais rien. Je n'avais jamais porté ce genre de chaussures et j'ignorais ce qu'on devait ressentir.

— Ceux-ci sont garnis d'un excellent rembourrage, signala Charles. Le meilleur.

— Je ne veux pas qu'elle prenne l'habitude d'un rembourrage trop moelleux. Il faut que ses pieds se musclent rapidement.

— Oh, ça ne les empêchera pas de se muscler.

— C'est ce que nous verrons. Bon, nous les prenons.

— C'est un très bon choix, Mrs. Delorice, affirma Charles dont les yeux s'éclairèrent.

Il me sembla apercevoir le sigle du dollar clignoter frénétiquement sous son crâne. Je me rassis et ôtai les chaussons.

— Il nous faut ce qu'il y a de mieux, répéta Céline en me caressant les cheveux. Nous allons être danseuse étoile.

Je levai les yeux sur Sanford qui se tenait debout sur le seuil. Il regardait sa femme avec une expression triste et inquiète, puis, croisant mon regard, il sourit.

Après cet achat, nous passâmes dans une autre boutique où l'on vendait maillots, collants et tutus. Céline m'offrit une demi-douzaine de collants et de maillots et ce fut le début d'une frénésie d'achats divers. Dans le grand magasin où nous nous rendîmes ensuite, nous dévalisâmes les rayons lingerie, chaussures et enfin confection. Les caisses cliquetaient joyeusement et crachaient de longues factures. A croire que tous les vêtements que j'aurais dû recevoir depuis ma naissance m'étaient offerts d'un coup. En une journée, je rattrapai les enfants qui n'étaient pas orphelins. J'avais à peine le temps de reprendre souffle que j'étais entraînée dans une autre partie du magasin pour y être mesurée et revêtue d'un modèle que Céline trouvait joli. Les prix ne semblaient pas l'intéresser. Elle n'accorda pas un regard aux étiquettes et aucun total ne la fit sourciller. Elle se contentait de tendre la main vers Sanford qui s'empressait de sortir sa carte de crédit.

La veille encore, je n'étais qu'un objet de pitié, une enfant abandonnée survivant aux crochets de l'État ; comme j'étais sans parents, sans famille, mon confort et mon élégance n'étaient le souci de personne. Et voilà que du jour au lendemain, je me retrouvais choyée comme une petite princesse. Qui aurait pu s'étonner de ma crainte que, au premier clin d'œil, je ne me réveille de ce rêve fantastique et n'ouvre les yeux sur les murs gris du dortoir de l'orphelinat ?

A contrecœur, Céline accepta de faire une pause pour le déjeuner. Sanford nous emmena dans un charmant restaurant et me tendit la carte en disant de choisir ce que je voulais. Intervenant aussitôt, Céline me refusa un gros hamburger bien garni.

— Prends une salade. Il faut que tu évites les graisses.

— Elle est en pleine croissance. A son âge, on brûle tout ce qu'on mange.

— Peu importe qu'elle brûle tout. L'important, c'est de prendre dès à présent de bonnes habitudes. Je t'en prie, Sanford. Je sais ce que je fais. C'est moi qui étais danseuse, pas toi. Et tâche de ne pas la gâter quand je ne serai pas là pour vous surveiller.

Il me jeta un coup d'œil contrit et gloussa avec embarras.

— J'aime les salades, déclarai-je afin de clore la discussion.

— Tiens, tu vois? Cette enfant a une propension naturelle à faire ce qu'il faut. C'est dans sa nature. C'est inné, comme chez moi, Sanford. Elle est moi. Elle comprend d'instinct, conclut-elle en me souriant.

Bien que cela me mît mal à l'aise, je savais désormais que lui faire plaisir n'était pas difficile. Il me suffisait d'acquiescer à tout ce qu'elle disait. En même temps, je commençais à comprendre pourquoi Sanford avait aussi souvent l'air accablé. Il me proposa de partager son dessert, ce à quoi s'opposa Céline.

— Elle pourra prendre quelque chose après le dîner, promit-elle avant de nous entraîner dans d'autres courses, celles-ci destinées à me fournir en articles de toilette que Céline jugeait indispensables.

» Je veux que tu prennes grand soin de tes cheveux et de ton teint, Janet. Ton aspect physique est très important. Tu es non seulement une artiste, mais aussi une œuvre d'art vivante. C'est ce qu'on m'a mis dans le crâne dès l'enfance, c'est ainsi que je me voyais et c'est ainsi que tu dois te voir désormais.

Une fois dans le magasin, elle me tira à l'écart de Sanford.

— Tu as eu tes règles?

— Non.

Cet aveu me mit mal à l'aise car toutes les filles de mon âge que je connaissais, et même certaines plus jeunes, étaient déjà réglées. Céline m'examina avec gravité puis hocha la tête.

— Bon, il faut quand même nous y préparer, dit-elle avant d'acheter le nécessaire.

Lorsque nous quittâmes enfin le quartier commerçant pour nous diriger vers l'usine de Sanford, je commençais à me sentir fatiguée. L'énergie de Céline semblait inépuisable. Elle parlait sans discontinuer afin de me mettre en condition pour ma première leçon avec Mme Malisorf.

— Une leçon de danse est une suite d'exercices savamment gradués et dure au moins une heure et demie, Janet. Tu commenceras par t'étirer et t'échauffer à la barre ; Madame aime qu'on y consacre près d'une heure. Ensuite, tu iras travailler sans support au milieu du studio. Cette seconde partie de la leçon s'appelle *adagio*. Il s'agit de mouvements exécutés lentement afin de développer la force et l'équilibre. La troisième partie s'appelle *allegro* et elle consiste en une succession rapide de pas, de sauts et de pirouettes qui font tout le charme de la danse classique. Tu t'en souviendras, Janet ? Cela ferait plaisir à Madame que tu puisses citer quelques-uns de ces termes.

Le ton de sa voix me fit comprendre que j'avais intérêt à me graver ces mots dans le crâne. Je lui annonçai que j'avais commencé à lire le livre qu'elle m'avait prêté et que je ne manquerais pas d'en parler à Mme Malisorf.

— Bien. Tu enregistreras ce qu'il contient bien plus vite que tu ne t'y attends. Tu en es capable, j'en suis sûre.

— Nous y voilà, fit Sanford d'un ton empli de fierté.

Il était évident que, après Céline, l'usine était ce qu'il aimait le plus. Peut-être figurerais-je un jour sur la liste de ses préférences.

Les bâtiments étaient beaucoup plus vastes que je ne l'avais imaginé et des douzaines et des douzaines de voitures étaient garées sur le parking.

— Je suis vraiment très fatiguée, Sanford, déclara soudain Céline. Il faut absolument que je me repose.

— Mais... je ne peux pas montrer l'usine à Janet et vérifier deux ou trois choses?

Son sourire de fierté s'était effacé.

— Ramène-moi d'abord à la maison, ordonna-t-elle. D'ailleurs, Janet a vu l'usine. En quoi a-t-elle besoin d'y traîner et d'avaler de la poussière?

— De la poussière? Il n'y a pas de poussière, Céline. Tu sais comme je suis fier des conditions de travail, protesta-t-il d'un ton peiné.

— Je t'en prie, gémit-elle. Entre papa et toi, j'ai plus que mon compte en matière de conversations d'affaires. Mon père possède une imprimerie, expliqua-t-elle à mon intention. Vas-y, redémarre.

Les mâchoires de Sanford se crispèrent, il jeta un coup d'œil sur les bâtiments, puis haussa les épaules.

— Je pensais que puisque nous étions là...

Il avait déjà renoncé. Son attitude défaitiste me rappelait la nôtre, petits orphelins, lorsque d'éventuels parents nous repoussaient après un bref examen.

— Elle n'est pas venue nous rendre visite, Sanford. Elle est venue vivre avec nous. Il y aura d'autres occasions, lui rappela sa femme.

— Bien sûr. Tu as raison, chérie. En route pour la maison.

Il ravala un soupir et redémarra.

Mais qu'en était-il de l'école? Je me posais des questions à ce sujet. N'aurions-nous pas dû y aller? Céline parut lire dans mes pensées.

— Demain matin, Sanford t'emmènera à ton école et complètera ton dossier d'inscription, dit-elle. Et quand tu rentreras, le soir, Madame sera là, prête à te faire travailler... Alors, ajouta-t-elle avec cette voix vibrante d'émotion qui me mettait mal à l'aise, ta vraie vie commencera.

❧ 5 ❧

Ce soir-là, lorsque Céline m'interrogea sur ce que j'avais retenu de son livre sur la danse classique, j'eus l'impression d'avoir déjà intégré une nouvelle école. Tout comme un professeur, elle me corrigea, m'expliqua ceci et cela, et m'ordonna de poursuivre ma lecture. Elle exigea, en particulier, que j'apprenne par cœur les noms des ballets les plus célèbres.

— Je n'ai rien dit de ton passé à Madame. Il est inutile qu'elle sache que tu as vécu dans un orphelinat. Tu pourrais très bien être une nièce éloignée que j'aurais adoptée.

Pour la première fois, elle suggérait que je pourrais avoir honte de sortir d'un orphelinat. Je me souvins du premier jour où mon statut étrange d'orpheline avait été mentionné. J'étais en classe de huitième et nous étions en récréation sur le terrain de jeux de l'école. Les filles jouaient à la marelle sur un petit trottoir et, ce jour-là, l'une de mes camarades, Blair Cummings, se plaignit d'être ma partenaire.

— Je ne veux pas être avec elle. Elle est trop petite et, en plus, c'est une orpheline ! s'écria-t-elle, et toutes les autres me dévisagèrent comme si j'avais une verrue sur le nez.

56

Mon visage s'embrasa et mes yeux s'emplirent de larmes brûlantes. Je m'enfuis à toutes jambes. Plus tard, l'institutrice me découvrit assise toute seule dans un coin du terrain de jeux; lorsqu'elle me demanda si j'étais malade, cela me parut le meilleur moyen d'éviter un surcroît de ridicule.

— Oui. J'ai mal au ventre.

Elle m'envoya auprès de l'infirmière qui, après avoir pris ma température, me fit allonger, bien que le thermomètre n'eût rien signalé d'anormal. D'où ma réputation d'être de santé fragile car, par la suite, chaque fois que je me sentais repérée, dévisagée, mise à l'écart, j'étais prise de « maux de ventre » et sautais sur l'excuse pour disparaître à l'infirmerie. Mon statut d'orpheline me faisait désirer l'invisibilité.

— La plupart des élèves de Mme Malisorf, reprit Céline, viennent des meilleures familles, de parents cultivés qui veulent donner à leurs enfants l'amour de la musique et de la danse... Ce qui leur confère un avantage dès le départ. Mais ne t'inquiète pas, ajouta-t-elle en prenant ma main. Toi, tu m'as à tes côtés et ça, c'est un atout bien supérieur à tout ce que ces enfants ont pu recevoir.

Après le dîner, je restai au salon avec les Delorice et écoutai Céline décrire quelques-uns des ballets qu'elle avait dansés.

— Madame me comparait à Anna Pavlova; as-tu déjà entendu parler d'elle?

Hélas, non. Elle secoua la tête et soupira.

— C'est criminel que quelqu'un comme toi, un diamant brut, ait été laissé en friche et qu'on t'ait refusé toute occasion de développer ton talent. Grâce au ciel, ce jour bienheureux entre tous, je t'ai repérée au premier coup d'œil!

Personne n'avait jamais suggéré que je puisse avoir quelque talent ; personne n'avait vu en moi un diamant brut. Une fois montée dans ma chambre, j'enfilai mon maillot, me campai devant la glace et examinai mon corps fluet en tentant d'y déceler quelque chose d'exceptionnel. Je n'y vis qu'une petite fille chétive qui me fixait de ses grands yeux apeurés.

Terrifiée à l'idée de ce qui allait inévitablement se produire, je me glissai dans mon lit.

Le lendemain matin, Sanford m'emmena au collège Peabody. La directrice, Mrs. Williams, était une grande femme, un peu forte, aux cheveux brun clair bien coiffés et abondamment laqués. Son sourire était chaleureux et elle ne ressemblait en rien au directeur grognon de mon ancienne école, Mr. Saks, dont l'unique obsession était de surprendre ses élèves en flagrant délit d'infraction à tel ou tel article du règlement. Il rôdait dans les couloirs, tendait l'oreille derrière une porte avant de l'ouvrir d'un coup et se ruait dans les toilettes pour surprendre d'éventuels fumeurs.

Le collège Peabody était un établissement beaucoup plus petit, et aussi plus neuf et plus propre. On m'introduisit dans une salle de classe qui, à ma grande surprise, ne comprenait que huit élèves, trois garçons et cinq filles. Miss London enseignait l'anglais et l'histoire et Mr. Wiles, les mathématiques et les sciences. Mrs. Grant était le professeur d'éducation physique et d'hygiène. Le collège entier n'avait que deux cent cinquante-sept élèves.

— Les classes sont si peu nombreuses qu'on peut donner à chacun toute l'attention nécessaire, me dit Sanford.

Il avait raison. Les professeurs étaient gentils et

tous prirent le temps de m'expliquer comment rattraper mes camarades.

Ce qui me plut surtout, ce fut qu'on me présenta sous le nom de Janet Delorice ; personne ne sut que j'étais une enfant adoptée et que j'avais vécu dans un orphelinat. Chacun supposa tout simplement que je venais d'une autre école privée et je ne fis rien pour les détromper.

La plupart des élèves me parurent plutôt snobs sauf l'un des garçons, Josh Brown qui, à peine plus grand que moi, m'accueillit avec un sourire chaleureux lorsqu'on me fit asseoir à côté de lui. Le cours achevé, il sortit de classe avec moi et me parla de l'école et des professeurs. Ses cheveux, de la même couleur que les miens, auraient pu nous faire prendre pour frère et sœur. Pourtant, avec son visage rond, ses yeux bruns et son nez légèrement retroussé, il ne me ressemblait guère. Lorsqu'il souriait, il était vraiment mignon, ce que, bien sûr, je n'osais lui dire.

— Tes parents viennent d'emménager dans la région ? me demanda-t-il entre deux cours.

— Non. Mon père possède une verrerie, répondis-je de façon évasive.

Il réfléchit un instant puis hocha la tête.

— Ah oui, je sais où elle se trouve.

Ma réponse parut le satisfaire et, à mon grand soulagement, il abandonna le sujet.

Plus tard dans la journée, plusieurs filles m'entourèrent pour m'interroger. L'une d'elles, Jackie Clark, se montra particulièrement soupçonneuse.

— Tu n'étais pas dans une école privée avant celle-ci ?

— Non.

Il me faudrait faire des progrès dans l'art d'inventer des histoires, décidai-je aussitôt.

— Tu as été une enfant à problèmes, alors ? demanda Betty Lowe.

— Non plus.

— Tu n'as fait aucune sottise ? insista Jackie.

Je secouai la tête.

— Quelles notes tu as ? Des mauvaises ? reprit Betty avec un sourire, comme si elle espérait que ce fût le cas.

— Non. Elles sont plutôt bonnes.

Jackie revint à la charge.

— Alors, pourquoi est-ce que tu n'étais pas dans une école privée ?

Je haussai les épaules.

— Ce sont mes parents qui décident.

— Moi, je préférerais être dans une école publique, dit Betty.

— Pas moi, répliqua Jackie.

Ce sujet les absorba et elles m'oublièrent provisoirement. C'est alors que Josh me proposa de me faire visiter le collège et nous laissâmes les deux filles échanger leurs appréciations sur l'enseignement privé et l'enseignement public. Je savourai tellement cette première journée, peut-être à cause de Josh, que j'en oubliai presque Mme Malisorf et ma leçon de danse.

Les cours achevés, je retrouvai Sanford qui m'attendait devant l'école.

— Certains jours, je demanderai à l'un de mes employés de venir te chercher. Quelqu'un de très gentil, de toute façon, m'assura-t-il. Mais il est inutile que tu le dises à Céline. Elle ne comprend pas que le travail puisse être prioritaire, parfois. C'est agréable de faire une pause pour venir te chercher mais je n'en aurai peut-être pas la possibilité tous les jours. Ne t'inquiète pas. Céline ne l'apprendra pas; ce sera notre petit secret.

Garder ce secret ne me paraissant pas dramatique, je n'y pensai bientôt plus. La chaussée était en travaux et nous restâmes coincés dans un embouteillage. Sanford devint nerveux. « Merde, et merde, et merde », ne cessait-il de marmonner tout en se reprochant de ne pas avoir fait un détour. La route se dégageant enfin, il accéléra. Je me souvins du terrible accident qu'il avait eu avec Céline et me cramponnai à mon siège. Dans un crissement de pneus, il vira dans l'allée et s'arrêta pile devant la maison.

Mes nouveaux livres sous le bras, je gravis les marches du perron en courant. Céline nous attendait dans le vestibule, le visage renfrogné comme si elle guettait notre retour depuis des heures.

— Pourquoi êtes-vous aussi en retard? jeta-t-elle.

— Des travaux sur la route, expliqua Sanford. C'est...

— Je n'ai vraiment pas le temps d'écouter tes excuses, Sanford. Dépêche-toi de retourner à ta chère usine! s'écria-t-elle d'un ton exaspéré avant de se tourner vers moi. Janet, Madame t'attend dans le studio. Débarrasse-toi de ce barda et viens tout de suite.

Je posai mes livres sur la console de l'entrée, jetai à Sanford un regard apeuré et suivis Céline, le cœur battant. La première chose qui me surprit, ce fut la petite taille de Madame. D'après ce que m'en avait dit Céline, je m'étais imaginé une silhouette au moins aussi imposante que celle de Mrs. McGuire. Mme Malisorf ne devait mesurer guère plus d'un mètre cinquante. Ses cheveux étaient uniformément gris et son visage couvert de rides, mais son corps était si athlétique et si droit qu'on eût dit une jeune fille prématurément vieillie. Elle m'examina attentivement tandis que je traversais la pièce à la suite de Céline.

Les cheveux maintenus sur le sommet du crâne en un gros chignon, elle portait un maillot, des collants noirs et des chaussons de pointe identiques à ceux que Céline m'avait achetés. Sa bouche rouge vif et ses yeux cerclés de noir tranchaient sur la blancheur de son visage.

— Janet, voici Mme Malisorf, dit Céline.

Je fus surprise de constater qu'il avait suffi qu'elle franchisse le seuil du studio pour que sa voix perde toute trace d'irritation.

— Bonjour, fis-je avec un sourire timide.

Sans mot dire, Mme Malisorf poursuivit son examen puis elle se tourna vers Céline.

— N'oublie pas que je n'aime pas mettre les filles sur les pointes avant treize ans accomplis, Céline, quel que soit le nombre d'années d'études.

— Elle aura bientôt treize ans.

Madame eut une grimace sceptique.

— Elle a plutôt l'air d'en avoir neuf ou dix.

— Je sais. Elle est petite mais gracieuse et très douée.

— C'est ce que nous allons voir. Je veux que tu marches jusqu'au mur du fond et que tu reviennes vers moi, m'ordonna-t-elle.

Céline m'adressa un sourire d'encouragement. Je marchai lentement, effleurai le mur et fis demi-tour.

— Eh bien, Madame ? demanda Céline aussitôt.

Elle s'attendait manifestement que le célèbre professeur approuve son jugement.

— Elle se tient bien et elle a de l'équilibre. Le cou a l'air un peu faible mais cela peut se corriger rapidement. Dresse-toi sur les orteils.

J'obéis puis redescendis, ce qui la fit aboyer :

— Non, reste comme ça jusqu'à ce que je te dise d'arrêter.

J'obéis à nouveau et attendis. Mes chevilles commencèrent à trembler et des élancements les parcoururent mais, le visage rouge d'effort, je tins bon.

— Tends les bras, ordonna-t-elle.

Ce que je fis.

— Garde la tête haute et les yeux fixés devant toi.

L'exercice tourna vite à la torture mais, à cause du sourire et du regard insistant de Céline, je m'obligeai à l'endurer. Mon corps entier se mit à trembler et je formai le vœu que cela soit plus facile avec des chaussons de pointe.

— Détends-toi, dit enfin Mme Malisorf.

» Elle est forte et, pour quelqu'un qui n'a jamais travaillé, elle a un bon équilibre. Tu as peut-être raison, Céline, mais cela demandera du travail et de gros efforts. Quant aux pointes, on verra dans combien de temps elle sera prête... Va te changer et reviens tout de suite. Tu as dix minutes.

Dix minutes, encore. Sur un hochement de tête de Céline, je courus enfiler ma tenue de danse. La leçon commença. Céline m'en avait bien décrit le déroulement. Madame me montrait un exercice à la barre puis me le faisait exécuter. Répéter était le mot clé. Elle aboyait ses ordres et exigeait une obéissance immédiate. Si je m'arrêtais une demi-seconde pour reprendre souffle, elle lâchait un soupir et jetait un « Eh bien ? » d'impatience tandis que ma nouvelle mère toussotait sèchement. Céline ne m'avait pas prévenue qu'elle assisterait aux leçons; sa présence ne fit qu'accroître ma nervosité. Je dus répéter tant de fois chaque mouvement qu'il me parut évident que je les exécuterais encore en plein sommeil. Madame me fit enfin quitter la barre pour rejoindre le centre du studio et m'y camper, talons joints, pointes des pieds écartées.

— Pour différentes raisons dues à l'articulation des hanches, expliqua-t-elle, on obtient une plus grande extension de la jambe si on la tourne vers l'extérieur, c'est-à-dire pas dans sa position normale. Cette rotation te permettra de te déplacer sur le côté aussi rapidement que d'avant en arrière. On appelle cette position...

— L'en-dehors, achevai-je précipitamment.

— Oui.

Contrairement à ce que j'avais espéré, l'étalage de ma science nouvellement acquise ne parut pas l'épater. L'interruption l'avait même plutôt agacée. Céline m'envoya un regard d'avertissement et je me hâtai de prendre la position décrite dans le livre.

— Non, non! s'écria Mme Malisorf. Ne commence pas par les chevilles. Ne force pas sur tes pieds sans toucher aux jambes. L'en-dehors démarre dès les hanches.

Elle m'empoigna par la taille et me fit répéter jusqu'à ce qu'elle soit satisfaite. Jugeant prématuré de passer aux sauts, elle me fit reprendre la barre pour enchaîner sur d'autres exercices.

— Je vais te rendre assez forte pour pouvoir exécuter les mouvements voulus, m'assura-t-elle.

La leçon finie, mon corps entier n'était que souffrance, surtout les jambes et les hanches. Les larmes aux yeux, je me gardai de me plaindre. Le regard de

Céline ne m'avait pas quittée une seconde et elle avait salué chaque propos de Madame d'un hochement de tête ou d'un sourire entendu.

— Elle fera merveille, non? s'écria-t-elle à la fin de la séance.

— C'est ce que nous verrons, répondit le professeur sans se départir de son expression critique.

— Je lui ai déjà acheté des chaussons de pointe.

— Il ne faut pas précipiter les choses, Céline, protesta sèchement Mme Malisorf. Tu devrais le savoir.

— Bien sûr, mais elle progressera rapidement, riposta Céline. J'y veillerai. Elle va s'entraîner sans relâche.

— J'y compte bien, dit Mme Malisorf.

» Si tu veux devenir danseuse, tu ne dois pas te contenter de mes leçons, ajouta-t-elle à mon intention.

Elle garda le silence une seconde puis reprit :

— La prochaine fois, j'amènerai un autre élève... Travailler en même temps que quelqu'un de plus accompli lui fera du bien, expliqua-t-elle à Céline.

— Oui, oui, parfait, fit celle-ci. Merci. A demain?

— A demain, dit Madame en rassemblant ses affaires.

A demain? J'aurais une leçon par jour? Quand donc pourrais-je laisser mon pauvre petit corps récupérer ses forces?

Dès que Madame fut partie, Céline roula jusqu'à moi; son regard étincelait de façon troublante.

— Elle t'aime bien. J'en suis sûre. Je la connais depuis longtemps. Si elle ne te trouvait pas très douée, elle n'aurait jamais accepté de s'occuper de toi. Elle refuse de perdre son temps avec des enfants sans avenir, et qu'elle ait proposé d'amener un autre de ses élèves... tu ne comprends pas ce que cela signifie, Janet. C'est pourquoi tu ne sautes pas de joie. Mais tu le devrais, Janet. Écoute! Madame est d'accord avec moi. Tu seras danseuse étoile. C'est merveilleux, merveilleux, insista-t-elle en applaudissant.

Je m'efforçai de sourire en dépit de mes souffrances. Ma grimace la fit rire.

— Ne t'inquiète pas pour tes courbatures, Janet. Prends un long bain très chaud avant le dîner. D'ici quelques leçons, tu souffriras moins. Tu verras. Oh, j'ai hâte de tout raconter à Sanford. J'avais raison. Je le savais. J'avais raison, répéta-t-elle en faisant pivoter son fauteuil vers la porte.

Qu'avais-je fait pour la rendre aussi sûre d'elle, me demandai-je, à part déambuler dans le studio, me hisser sur la pointe des pieds, m'efforcer de ne pas perdre l'équilibre et exécuter une série d'exercices qui me donnaient l'impression d'être passée sous un camion?

Je la suivis dans le vestibule et montai l'escalier d'une allure beaucoup plus lente que la veille. Ce ne fut qu'après avoir refermé la porte de ma chambre que je m'autorisai à gémir. Puis je fis couler un bain chaud dans lequel je trempai longuement mes muscles endoloris. Ce soir-là, durant le dîner, Céline ne parla que de ma leçon de danse. Les quelques questions que Sanford hasarda sur ma première journée d'école furent aussitôt interrompues par des conseils sur tel ou tel exercice à la barre.

— Je regrette que tu n'aies pas pu la voir, Sanford. J'avais parfois l'impression que c'était moi qui dansais sous les yeux de ma mère.

Cela me rappela qu'on n'avait toujours pas prévu de me faire rencontrer mes grands-parents.

Céline voulut me faire rester au salon après le dîner pour parler encore de danse, mais Sanford lui rappela que j'avais du travail scolaire à rattraper.

— Le travail scolaire, dit-elle d'un ton méprisant. Un jour, bientôt, elle aura un précepteur, comme moi.

— Vous n'alliez pas à l'école ? demandai-je.

— Bien sûr que non. Pour moi, la danse comptait plus que tout et il en sera de même pour toi, Janet. Tu verras.

Rien que la danse et les leçons d'un précepteur ? Et l'amitié, les jeux, les goûters chez les uns et chez les autres et surtout la compagnie des garçons, qu'en faisait-elle ? Ma déception dut être visible car le visage de Céline se renfrogna.

— Qu'y a-t-il ?

— Elle est très fatiguée, Céline, répondit Sanford. Elle a eu une longue journée, sans doute la plus longue de sa vie.

Céline me dévisagea un instant d'un air soupçonneux puis se décida à sourire.

— Oui, bien sûr. Va faire ton travail, ma chérie, et ensuite repose-toi.

Je regagnai ma chambre et m'installai à mon bureau où je restai un long moment à contempler la somme de lectures qui m'attendait. Avoir une nouvelle maison et une nouvelle famille n'était pas aussi facile que je l'avais rêvé.

Lorsque je me redressai contre le dossier de ma chaise, mes reins et mes mollets protestèrent violemment. Je me regardai dans la glace et gémis. J'avais encore un message à transmettre à mon pauvre petit corps fatigué.

— Attends-toi à souffrir beaucoup plus.

Mme Malisorf tint sa promesse. Le lendemain, lorsque je revins de l'école, un garçon un peu plus âgé que moi m'attendait dans le studio. J'ignore pourquoi, mais j'avais imaginé que l'élève annoncé serait une fille. La vue d'un garçon en collant me surprit tellement que j'en restai bouche bée. Il devait avoir quinze ou seize ans et me dominait d'une bonne vingtaine de centimètres. Le teint mat, la bouche incarnat comme s'il avait mis du rouge à lèvres, il avait des cheveux et des yeux noirs de jais. Son corps était à la fois svelte et musclé, sans un gramme de graisse.

Son collant était si ajusté qu'il ne laissait rien à imaginer. Les autres filles de l'orphelinat bavardaient souvent des mystères du sexe et je n'avais pu m'empêcher de les écouter. Bien que privée d'une sœur plus âgée ou d'une mère qui m'aurait prise à part pour me parler des abeilles et des petits oiseaux, je pensais donc ne rien ignorer de ce qu'une fille de mon âge était censée savoir. Cependant, jamais je ne m'étais trouvée dans la même pièce qu'un garçon qui avait l'air aussi... nu. Je ne pus m'empêcher de rougir. Mon embarras parut l'agacer et je détournai aussitôt les yeux.

— Voici Dimitri Rocmalowitz, dit Mme Malisorf. C'est l'un de mes meilleurs élèves et il me seconde souvent pour enseigner les bases aux débutants. Bien sûr, il a encore du chemin à faire mais c'est un danseur talentueux et rigoureux. Lorsqu'il te demandera de faire quelque chose, tu devras lui obéir comme à moi. Tu as compris, Janet?

— Oui, Madame, répondis-je sans conviction.

Dimitri me paraissait trop jeune pour être un danseur aussi étonnant. Suivre ses instructions serait une étrange expérience.

— Observer quelqu'un qui a bien maîtrisé les règles de notre art t'aidera à comprendre ce qu'on attend de toi, reprit-elle. A partir d'aujourd'hui, je veux que tu commences nos leçons en portant ceci, ajouta-t-elle en me donnant une paire de grosses chaussettes de laine pourpres.

Je les enfilai et la leçon commença aussitôt à la barre. Céline s'était installée dans son coin et nous observait, les mains croisées sur les genoux.

Dimitri se lança immédiatement dans des exercices d'échauffement et durant un instant je ne pus que regarder. Danser devant nous ne semblait pas le moins du monde le troubler. On eût dit qu'il évoluait dans son monde à lui. Ses jambes se mouvaient avec grâce et rapidité tandis qu'il maintenait son corps sur une ligne parfaitement verticale.

— A toi, me dit Mme Malisorf.

J'approchai et empoignai la barre, à quelques mètres de Dimitri.

— Non, ne la serre pas si fort. Regarde Dimitri : il ne s'en sert que pour garder son équilibre.

J'essayai de me détendre et nous entamâmes une série de *pliés, tendus* et *glissés* qu'elle m'avait montrés la veille. De là, nous passâmes aux *fondus* puis aux *ronds de jambe à terre*. Mme Malisorf commença par décrire ce qu'elle voulait. Puis, le visage rayonnant de fierté comme s'il dansait devant un millier de spectateurs, Dimitri exécutait une démonstration. Enfin, je tentais de l'imiter pour être tout de suite interrompue par Mme Malisorf :

— Non, non, non. Dimitri, recommence. Regarde-le, Janet. Regarde la façon dont il tient son dos et son cou.

Parfois, il me fallait m'échiner si longtemps pour la satisfaire que j'en avais les larmes aux yeux. Lassée, elle passait à l'exercice suivant et concluait invariablement :

— Bon, nous reviendrons là-dessus.

Il n'y avait rien que je ne doive retravailler, toujours et encore, me semblait-il.

Lorsque nous en arrivâmes à l'en-dehors, pivoter les hanches me fit si mal que je faillis lâcher un cri. Bien que mon visage dût trahir ma souffrance, Madame resta impitoyable. A peine un exercice fini, au lieu de m'accorder une courte pause pour reprendre mon souffle, elle demandait à Dimitri de me montrer autre chose que je devais aussitôt tenter d'imiter.

La leçon dura plus longtemps que la veille. Je transpirais tellement que mon maillot me collait à la peau. Madame nous permit enfin de nous reposer un instant et alla discuter avec Céline. Je m'écroulai sur le sol et, pour la première fois, Dimitri consentit à me regarder.

— Pourquoi est-ce que tu veux devenir danseuse ? demanda-t-il d'un ton acerbe qui me fit honte.

— C'est ma mère qui le veut.

— C'est tout ? fit-il avec une grimace.

Il s'essuya le visage avant de me lancer la serviette humide.

— Tu dégoulines.

Je trouvai un coin à peu près sec et m'épongeai la figure et le cou.

— Je crois que ça me plaira, dis-je prudemment, ce qui le fit à nouveau ricaner.

— La danse exige qu'on s'y consacre complètement, qu'on s'y adonne sans restriction, corps et âme. C'est comme une religion. Le professeur, Mme Malisorf, par exemple, c'est ton grand prêtre, ton dieu et ce qu'elle dit, c'est parole d'Évangile. Tu dois penser, marcher, manger, respirer en danseuse. Rien d'autre n'a d'importance. Alors, et seulement alors, il est possible que tu saches un jour vraiment danser.

— Je ne compte pas devenir célèbre, murmurai-je.

Pourquoi ce garçon m'obligeait-il à me justifier ? La question me troublait, d'autant plus que ma vocation de danseuse ne m'apparaissait pas évidente.

Il jeta un coup d'œil à Madame et à Céline puis revint à moi.

— Ne dis jamais une chose aussi défaitiste devant Madame. Elle tournerait les talons et quitterait la pièce aussi sec, me prévint-il.

Les battements de mon cœur, que nos exercices avaient déjà mis à rude épreuve, s'arrêtèrent brièvement pour repartir de plus belle. Céline serait anéantie. Elle me haïrait.

— C'est Madame qui te dira ce que tu deviendras, ou ce que tu ne deviendras pas, reprit-il avant d'ajouter avec un hochement de tête : Encore une gosse de riches que ses parents trouvent exceptionnelle.

— C'est faux, protestai-je, les larmes aux yeux.

— Ah bon ? Combien d'enfants de ton âge jouissent d'un studio comme celui-ci avec un professeur qui coûte une fortune ?

— Une fortune ? soufflai-je.

— Bien sûr, espèce d'idiote ! Tu ne sais donc pas qui c'est ? Voilà une histoire qui ne va pas durer longtemps, je le sens, ajouta-t-il avec un hochement de tête entendu.

— Si, ça durera. Je ferai ce qu'il faut et je le ferai bien, ripostai-je.

Pas question de lui dire que ma vie en dépendait; que cette femme qui voulait m'aimer comme une mère avait pris à cœur de faire de moi une danseuse célèbre et que je rassemblerais toutes mes forces pour la rendre heureuse.

— Ma mère était sur le point de devenir une danseuse très connue lorsqu'elle a eu un terrible accident de voiture. C'est pourquoi nous avons ce studio. On ne l'a pas installé seulement pour moi.

Il ricana.

— Tu ne devrais pas regarder de haut quelqu'un qui débute simplement parce que tu es un bon élève, ajoutai-je.

Il finit par sourire.

— Comment te regarder autrement? Combien mesures-tu? Un mètre vingt?

Cette fois-ci, les larmes jaillirent malgré moi. Je tournai la tête pour les essuyer.

— Tu as vraiment treize ans? demanda-t-il d'une voix plus douce comme s'il regrettait de m'avoir blessée.

J'allais répondre lorsque Madame revint vers nous et m'ordonna d'ôter ce que je considérais comme des grosses chaussettes. Le moment était venu d'aller au centre de la pièce pour répéter tous les mouvements, mais sans l'appui de la barre. La fatigue me fit commettre beaucoup d'erreurs. Je me sentais terriblement gauche et maladroite et mon corps pesait une tonne. Chaque fois que Madame me corrigeait, Dimitri hochait la tête d'un air méprisant. Puis, comme pour souligner son dédain, il exécutait à la perfection le mouvement demandé; il tourbillonnait sur place si rapidement que sa silhouette devenait floue puis il s'élevait dans un bond qui semblait défier les lois de la pesanteur et atterrissait délicatement sans le moindre bruit. Chaque fois qu'il me montrait un exercice, Madame s'écriait :

— Voilà! C'est exactement ce que je veux. Regarde-le bien. Tu danseras peut-être un jour aussi bien que lui.

Alors Dimitri bombait le torse et me jetait un regard arrogant.

J'aurais voulu riposter que j'aurais préféré regarder un poisson mort flotter le ventre en l'air sur notre lac, mais la prudence me faisait garder mon souffle et mes mots acerbes et je recommençais l'exercice. La leçon s'acheva enfin. Céline nous rejoignit en applaudissant.

— Bravo, bravo! C'était merveilleux. Merci, Madame. Merci beaucoup. Et merci à toi, Dimitri. Tu me donnes envie d'oublier mes pauvres jambes et de bondir pour danser dans tes bras.

Il s'inclina.

— Madame m'a dit comme vous dansiez merveilleusement et quelle tragédie cela a été pour le ballet lorsque vous avez été blessée, Mrs. Delorice.

— Oui, fit Céline, le regard lointain.

Puis elle se tourna vers moi et sourit.

— Mais ma fille fera ce que je ne peux plus faire. Tu ne crois pas?

Il parut me jauger du regard.

— Peut-être, répondit-il avec un sourire en coin. A condition qu'elle devienne consciencieuse et obéissante.

— Elle le deviendra, promit Céline.

Ses ordres suffiraient-ils à me transformer en danseuse étoile aussi aisément qu'ils avaient amené le soleil sur une journée maussade?

J'avais beau tenter de cacher mon épuisement, Dimitri s'en rendit compte et m'adressa un rictus cruel. Dès que j'eus regagné ma chambre, je me jetai sur mon lit et laissai mes larmes couler librement.

Jamais je ne serai la danseuse dont rêvait Céline. Mais si je ne devenais pas la fille qu'elle désirait, ce ne serait pas faute de m'y efforcer. Quitte à en mourir.

De nouveau, la conversation durant le dîner fut consacrée à la leçon de danse et à mes progrès. Céline ne s'interrompait que pour picorer une bouchée. Malgré les efforts de Sanford, elle refusa de changer de sujet. Il nous regardait tour à tour, en souriant. En sortant de table, il me prit à part et me dit que cela faisait longtemps qu'il n'avait pas vu Céline aussi animée et enthousiaste.

— Merci de la rendre heureuse, Janet. Tu nous apportes beaucoup. Merci d'être tout simplement toi.

Son sourire sincère n'avait rien à voir avec son habituel sourire triste qui ressemblait à une grimace.

Céline nous rejoignit dans le couloir et remarqua l'air rayonnant de Sanford.

— Qu'est-ce que tu as à glousser comme un crétin, Sanford ? De quoi discutez-vous, tous les deux ?

Ses yeux s'étaient soudain plissés pour devenir deux petites fentes qui me glacèrent.

— Va dans ta chambre, Janet. Il faut que tu te reposes. Tu n'auras pas trop de toutes tes forces pour suivre Dimitri.

La réprimande imméritée m'accabla. Je me hissai jusqu'à ma chambre et m'écroulai sur mon lit.

Les deux premières semaines de ma nouvelle vie s'écoulèrent aussi vite que des heures. Sans doute parce que chaque instant de ma journée était rempli de tâches à effectuer. Contrairement à ce que j'avais connu à l'orphelinat, je ne disposais plus de longues heures vides à combler tant bien que mal de distractions oiseuses ou de rêvasseries. Dans cette maison, j'enchaînais sans faiblir l'école, la leçon de danse, un bref temps de repos, le dîner et le travail scolaire. Je me couchais de bonne heure et suivais le régime alimentaire strict que Céline m'avait prescrit. Bien qu'il soit trop tôt pour constater de réels changements, mes jambes me semblaient plus fortes et mes muscles plus résistants. J'avais même l'impression de parvenir à ce dont Dimitri me prétendait incapable : marcher et me mouvoir comme une danseuse, même en dehors du studio.

La leçon de danse occupant la fin de l'après-midi, il m'était difficile de me faire des amis et Céline refusa dès le début de m'inscrire dans un club ou une équipe sportive.

— Il n'est pas question que tu prennes le risque de te blesser, dit-elle.

Elle tenta même de me faire dispenser de la gymnastique mais l'école s'y opposa et Sanford affirma qu'un peu de sport ne nuirait pas à mon entraînement.

— Bien sûr que si, répliqua-t-elle. Je ne veux pas qu'elle gaspille ses forces à des bêtises.

— Ce ne sont pas des bêtises, chérie, voulut-il expliquer.

Céline refusa de l'écouter. Elle n'avait pas eu gain de cause et rien ne l'irritait autant.

— Limite-toi au strict nécessaire, me conseilla-t-elle, et, chaque fois que tu le pourras, fais comme moi : plains-toi de règles très douloureuses.

— Mais je ne les ai pas encore eues.

— Et alors? Qui le saura? On peut mentir, reprit-elle devant mon expression effarée, quand c'est pour la bonne cause. Quoi que tu fasses, si c'est pour protéger ton entraînement, je ne te punirai jamais.

Ses yeux écarquillés me fixaient étrangement. A quoi pensait-elle lorsqu'elle prenait cette expression hagarde?

Comme beaucoup de mes camarades de l'orphelinat, j'avais imaginé des tas de choses sur les gens qui deviendraient mes parents. J'avais rempli ma tête de rêves joyeux avec pique-niques, promenades au parc, séances de cinéma en famille... Et je m'étais vue, franchissant les portes de Disneyland, main dans la main avec mon père. Il y aurait eu de grands goûters d'anniversaire et peut-être même des frères et sœurs avec qui jouer.

Comme cette grande maison me semblait vide et différente de celles que j'avais imaginées! Certes, on m'avait offert des cadeaux somptueux et ma chambre était plus grande que toutes celles que j'avais jamais vues; le parc était immense et il y avait un lac où se baigner et canoter l'été. Mais je n'y trouvais pas l'intimité, les balades, les parties de plaisir, les fous rires et les jeux dont j'avais rêvé. Sanford aurait aimé passer un peu plus de temps avec moi et me montrer son usine mais, chaque fois qu'il en émettait la suggestion, Céline trouvait une bonne raison pour s'y opposer. Elle finit cependant par comprendre combien ses arguments sonnaient faux et céda. Un samedi, j'accompagnai Sanford qui me montra ses machines et tout ce qu'elles produisaient. Il me présenta à quelques-uns de ses employés. L'enthousiasme et la joie de Sanford me touchèrent et c'est avec une certaine tristesse que je vis la visite s'achever. Morosité qu'il parut partager; le trajet du retour s'effectua en silence.

A peine rentrée, je voulus décrire à Céline tout ce que j'avais vu. Elle fit une grimace douloureuse.

— L'usine est nécessaire pour nous permettre l'accès aux luxes de la vie, dit-elle. Mais nous *n'avons pas* à admettre son existence. Et surtout, toi et moi, nous ne devons pas lui accorder un iota de notre temps ou de nos pensées.

— Mais certains des articles produits par l'usine sont splendides, non?

— D'un point de vue strictement terre à terre, peut-être, admit-elle.

Sans comprendre ce qu'elle avait voulu dire, je vis combien ses propos avaient blessé Sanford. Elle ne redevint enjouée que lorsqu'il lui annonça qu'il nous avait acheté des billets pour une représentation des *Quatre Saisons,* par le Ballet du Metropolitan.

— Voilà! s'écria-t-elle. Tu vas voir ton premier vrai ballet et tu comprendras ce que j'attends de toi.

A sa demande, Sanford nous emmena acheter une tenue de soirée pour moi. Je choisis une robe longue en taffetas bleu et Céline poussa son mari à y ajouter des boucles d'oreilles et un collier orné de saphirs.

— On ne va pas voir un ballet comme on va au cinéma. C'est une sortie exceptionnelle, expliqua-t-elle. Tout le monde s'habille avec élégance et les femmes sortent leurs bijoux. Tu verras.

Elle m'emmena dans un salon de coiffure où l'on me fit un chignon élaboré et où l'on me montra comment me maquiller correctement. Je me regardai dans le miroir et fus surprise de voir combien je paraissais soudain adulte.

— Je veux qu'on te remarque, que tous les yeux se portent sur toi et qu'on se dise : « Voilà une future star, une petite princesse. »

Malgré moi, je me laissais enfin entraîner dans le monde de Céline. Je me permettais les mêmes rêves, je m'imaginais célèbre avec mon nom inscrit en lettres lumineuses. Lorsque j'arrivai au théâtre et vis tous ces gens riches et élégants, la même euphorie m'envahit. Mon cœur battait avant que le rideau ne se lève. Le ballet commença. Je jetai un coup d'œil sur ma nouvelle mère, assise à côté de moi dans son fauteuil roulant, et son regard heureux me donna l'impression de m'envoler avec elle. Elle tendit la main pour s'emparer de la mienne.

— Un jour, Janet, Sanford et moi viendrons ici pour t'applaudir, murmura-t-elle. Un jour, répéta-t-elle, perdue dans son rêve.

Et j'osai croire que ce rêve deviendrait réalité.

Quand donc ferais-je la connaissance de mes grands-parents ? Cela ne paraissait pas à l'ordre du jour, ni du mois. Jamais Céline ne leur téléphonait et ni elle ni Sanford ne disaient leur avoir parlé récemment. J'aurais pu interroger Sanford qui, tous les jours de la semaine, prenait son petit déjeuner seul avec moi car Céline avait besoin de plus de temps pour se lever et s'habiller. Il m'aurait sûrement répondu. Curieusement, l'audace me manquait. Je me résolus donc à attendre que Céline fasse allusion à ses parents pour demander à les voir.

Les jours passant, mes leçons de danse portaient leurs fruits et, bien qu'éprouver un jour de l'amitié pour Dimitri me parût improbable, ses rares compliments me flattaient. Mme Malisorf n'alla pas jusqu'à dire que j'étais une élève exceptionnelle mais elle laissa entendre que je me situais au-dessus de la moyenne, ce qui combla de joie Céline et la conforta dans ses espérances.

— Janet a fait de gros progrès, dit-elle un soir à table. Il est temps que ma mère la voie. Je vais lui demander de passer pendant une leçon.

Sanford hocha la tête sans mot dire mais son expression inquiète me frappa. Les parents de Céline n'habitaient pas loin. Pourquoi n'allions-nous jamais les voir? Et pourquoi n'avais-je pas eu le courage d'interroger Sanford alors qu'il était évident, vu son expression, qu'il nourrissait à leur égard une opinion bien précise?

— Est-ce que ce n'est pas demain que ton frère revient de vacances? demanda-t-il.

Ses traits tendus montraient combien parler de la famille de sa femme le mettait mal à l'aise.

— Je ne m'en souviens pas. Mais que veux-tu dire en parlant de retour de vacances? Quand donc Daniel n'est-il pas en vacances?

Plus un mot ne fut échangé sur ce sujet mais, deux jours plus tard, la sonnette de l'entrée retentit en plein milieu du dîner. Mildred sortit en courant de la cuisine et alla ouvrir. Un rire bruyant retentit dans le vestibule.

— Mildred, tu es toujours là! Formidable! claironna une voix masculine.

— C'est Daniel, gémit Céline en secouant la tête.

Deux secondes plus tard, le jeune frère de Céline

faisait irruption dans la salle à manger. De taille moyenne, il était solidement bâti. Ses cheveux châtain clair étaient longs et hirsutes comme si, pour se coiffer, il ne disposait que de ses doigts. Les yeux noisette et les traits bien dessinés, il offrait une vague ressemblance avec sa sœur, mis à part le sourire espiègle qui, je le découvrirais bientôt, lui était caractéristique. Il portait un jean délavé, un blouson, des bottes et des gants en cuir noir.

— Céline, Sanford, comment allez-vous ? s'écria-t-il en ôtant ses gants. Je vois que j'arrive à temps pour le dîner. Quelle chance ! Je meurs de faim.

Sans attendre d'y être invité, il se glissa sur la chaise qui me faisait face et s'empara d'un morceau de pain. Mildred s'empressa de disposer une assiette et des couverts devant lui.

— Bonsoir, Daniel, dit Céline d'un ton sec. Je te présente Janet.

Il me fit un clin d'œil.

— Alors, vous voilà enfin parents ? Mère m'en a touché un mot... Comment te traitent-ils ? reprit-il en me dévisageant. Est-ce que Sanford a déjà décidé combien d'argent de poche il te donnerait ? Tu ferais mieux de me confier les négociations... Ah, du rôti de veau, enchaîna-t-il en plantant sa fourchette dans une tranche. Mildred est une excellente cuisinière.

Il enfourna un morceau dans sa bouche et se mit à mâcher avec énergie.

On eût dit qu'un violent courant d'air avait envahi la maison. L'irruption de Daniel avait tellement stupéfait Sanford qu'il restait la main en l'air, la fourchette chargée de petits pois.

— Bonsoir, Daniel, fit-il enfin avec un regard amical. Tu as donc finalement acheté la moto dont tu rêvais ?

— Évidemment. Et toi, où en es-tu? Tu jouais aussi avec l'idée d'en acheter une. Je m'en souviens.

— Je ne parlais pas sérieusement, répondit Sanford en jetant un coup d'œil gêné vers sa femme.

— Et toi? me demanda Daniel. Tu veux faire un tour après le dîner?

— Bien sûr que non, intervint Céline. Pas question qu'elle prenne ce risque.

Daniel s'esclaffa et se remit à manger. Bouche bée, je gardai le silence. Il m'adressa un nouveau clin d'œil.

— Je parie que tu as envie de faire un tour à moto, insista-t-il.

Son regard intense semblait lire en moi, au point que je me demandai si mon âme portait, à mon insu, une combinaison de motard.

— Arrête, Daniel! ordonna Céline.

Ce qui le fit glousser, tout en hochant la tête d'un air déçu.

— Où es-tu allé cette fois-ci? demanda Sanford.

Malgré le ton critique, je perçus une pointe d'envie dans ses yeux.

— Cape Cod. Tu aurais adoré, Sanford. On a pris la route qui traverse le Connecticut et longe l'océan. Je te jure, avec le vent dans les cheveux et l'odeur iodée de la mer, nous n'avions qu'une envie, rouler indéfiniment. Et ne jamais revenir.

— Et pourtant, te voilà. Je n'ose demander qui désigne ce *nous*, dit Céline en fronçant le nez.

— Tu n'oses pas? C'est bizarre, Mère non plus.

— Tu m'étonnes, fit Sanford avec un petit sourire.

— En fait, mon vieux, il s'agit d'une charmante damoiselle en détresse que j'ai nourrie, vêtue et à qui j'ai offert une moto, expliqua Daniel entre deux bouchées.

— Tu as offert une moto à une inconnue? s'écria Céline avec une grimace horrifiée.

— Il se trouve qu'au bout de quelques jours ce n'était plus vraiment une inconnue, répondit Daniel en m'adressant un nouveau clin d'œil. Voyons, parle-moi un peu de toi, Janet. Quel âge as-tu?

— J'aurai treize ans dans quelques semaines, répondis-je d'un ton hésitant.

Que cet homme, plus grand et plus vivant que nature, s'intéresse soudain à moi me faisait perdre mes moyens.

— Tant que ça? Il va falloir bientôt que tu négocies aussi ton indemnité de retraite, alors, plaisanta-t-il. Sérieusement, est-ce qu'on te traite bien ici? Parce que, si ce n'est pas le cas, j'ai des amis haut placés et je peux arranger les choses en un rien de temps. Il faut en tout cas qu'ils respectent les droits des prisonniers fixés par la Convention de Genève.

— Mais... je ne suis pas prisonnière, répliquai-je en quêtant du regard l'aide de mes parents.

— Arrête. Tu vas lui faire peur avec tes histoires idiotes, dit Céline. Comment vont Père et Mère?

— Plutôt bien, répondit-il avant de se tourner vers moi. Nos parents deviennent progressivement des statues. Ils restent assis dans leurs fauteuils, rigides comme du granit, et ne respirent que de l'air filtré.

— Daniel! gronda Céline.

— Ils vont bien, ils vont bien. Évidemment, je ne les ai vus que quelques minutes et puis Mère s'est lancée sur le sujet que vous connaissez, dit-il en me désignant du menton.

— Ça suffit! lança sèchement Sanford.

— Il faut bien qu'elle sache dans quoi elle a mis le pied, avec quelle sorte de famille elle a fait affaire, non ? répliqua Daniel.

— Je t'en prie, supplia Céline.

Il haussa les épaules.

— Bon, d'accord, je vais être poli. Vraiment. Tu aimes vivre ici, Janet ?

— J'aime beaucoup.

— Je parie qu'ils t'ont fourrée dans cette école snobinarde. Je me trompe ?

— Peabody n'est pas une école snobinarde. C'est une école privée qui offre un certain nombre de services supplémentaires par rapport aux autres, corrigea Céline.

— Est-ce qu'ils t'ont dit que, moi aussi, j'y ai fait un petit séjour jusqu'à ce qu'on me demande de me trouver un autre endroit pour poursuivre mes études ?

Je fis non de la tête.

— Mon frère est ce qu'on appelle un enfant gâté, expliqua Céline en le fusillant du regard. Mes parents ont eu beau dépenser des fortunes et se préparer à tous les sacrifices pour lui, il s'est toujours arrangé pour échouer.

— C'est la faute de cette foutue cuillère en argent ; je me suis toujours étranglé dessus, dit-il avec un haussement d'épaules désinvolte. Mildred, reprit-il comme elle rentrait dans la pièce, tu t'es surpassée avec ce veau. Il est aussi succulent que la bouche d'une vierge.

Il fit claquer ses lèvres. Mildred rougit jusqu'aux oreilles.

— Daniel ! cria Céline.

— J'essayais seulement de me montrer poli et élogieux, dit-il avant de se pencher vers moi pour chuchoter bruyamment : Ma sœur me reproche toujours de ne pas savoir faire de compliments.

Je jetai un coup d'œil sur Sanford qui venait de reposer sa fourchette avec une brutalité inhabituelle.

— Comment ça va, à l'imprimerie, Daniel ? demanda-t-il.

Se redressant sur sa chaise, Daniel s'essuya la bouche.

— Eh bien, quand je suis parti en vacances, nos performances étaient inférieures de cinq pour cent à celles de l'année dernière, ce qui avait élevé d'autant la tension de Père mais, quand je suis passé tout à l'heure pour prendre mon courrier, il m'a dit qu'on nous avait confié la publicité des clubs de golf Glenn, ce qui nous ramène au niveau précédent ; du coup, il va beaucoup mieux. Je suis sûr que son cœur est directement relié au Dow Jones. Au premier krach, il est foutu, dit-il en passant l'index sur sa pomme d'Adam.

— Moque-toi de lui tant que tu veux, Daniel, mais il a créé une affaire saine et rentable dont tu profites amplement aujourd'hui et, grâce à lui, toi et moi, nous avons eu une enfance et une jeunesse agréables, gronda Céline.

— Oui, oui, évidemment, admit-il en me regardant. Je ne faisais que plaisanter. Ce que mon beau-frère, ici présent, ne s'autorise pas assez souvent. Il travaille trop et ne sait pas s'amuser. Et toi ? On m'a dit que tu prenais des leçons de danse ?

— Oui, fis-je timidement.

— Et elle s'en sort très bien, ajouta Céline.

— Formidable. Manifestement, ma chère sœur, toi et Mr. Verrerie, vous avez mis la main sur un joyau. Je suis épaté, Sanford.

— Nous aimons beaucoup Janet et nous espérons qu'elle commence à nous aimer, dit Sanford avec un sourire qui m'alla droit au cœur.

— C'est le cas ? demanda Daniel avec son regard espiègle.

— Oui, répondis-je aussitôt.

Il éclata de rire.

— Tu es sûre que je ne peux pas l'emmener faire un tout petit tour en moto ?

— Parfaitement sûre, dit Céline. Si tu veux jouer au casse-cou, je ne peux pas t'en empêcher, mais il n'en est pas question avec ma fille. D'autant plus qu'elle est en bonne voie de devenir quelqu'un d'exceptionnel.

— Vraiment ? fit Daniel en m'étudiant. A mon avis, c'est déjà quelqu'un d'exceptionnel. Elle l'était déjà avant même de venir ici.

Malgré l'expression et les mots durs que Céline avait à son égard, je ne pus m'empêcher de le trouver sympathique.

Le dîner achevé, Daniel et Sanford allèrent discuter dans le bureau et Céline m'emmena au salon où elle tenta d'excuser le comportement de son frère.

— Ton oncle n'a pas un mauvais fond mais il est un peu perdu en ce moment. Nous faisons de notre mieux pour l'aider. C'est difficile. Son problème, c'est qu'il n'a pas d'objectif. Or, c'est ce qu'il y a de plus important dans la vie : un but à atteindre et de la détermination. Il n'y a rien qu'il désire suffisamment pour s'y consacrer complètement, quitte à souffrir un peu. Il est trop égoïste et trop faible.

Elle leva les yeux sur le portrait d'elle qui surmontait la cheminée et soupira.

— Dire que nous venons de la même maison et que nous avons eu les mêmes parents... Parfois, il me semble avoir affaire à un étranger.

— Lui aussi a voulu danser?

— Daniel? s'écria-t-elle en riant. Daniel a deux pieds gauches! Apprendre un seul exercice dépasserait déjà ses capacités de concentration... Mais, reprit-elle en soupirant, c'est mon frère. Je dois l'aimer.

Puis elle me regarda et ajouta:

— Et toi, tu es mon espoir. Je t'aimerai toujours.

Savoir que j'incarnais tous les espoirs de Céline et sentir ses yeux perpétuellement fixés sur moi me poussait à m'appliquer; mais lorsque Madame n'était pas contente et s'impatientait de mes progrès trop lents, mon accablement n'en était que plus grand. Le lendemain de l'irruption bruyante d'oncle Daniel, Céline eut un rendez-vous chez le médecin qui l'empêcha d'assister à ma leçon de danse. Le fait qu'elle ne soit pas là à m'épier, du coin de la salle, me mit plus à l'aise et Dimitri lui-même me sembla plus amical. La leçon achevée, Madame annonça qu'elle me ferait travailler les pointes dès le lendemain.

— Je ne comprends pas pourquoi elle fait ça, déclara Dimitri après son départ. C'est le professeur de danse le plus exigeant de la région et elle ne met pas facilement une élève sur les pointes. En tout cas pas si vite... Ça doit être pour plaire à ta mère. Tes pieds ne sont même pas correctement développés.

— Mais si, dis-je en baissant la tête pour les regarder.

Il s'essuya le visage avec sa serviette et m'examina.

— J'ai toujours aimé regarder les jeunes filles se développer, dit-il soudain.

Son regard insistant me mit mal à l'aise. Mon maillot était aussi ajusté que le sien et pour la première fois je fus gênée de tout ce qu'il révélait.

— Ce sont tes seins qui poussent ou bien c'est encore un peu de graisse de bébé? demanda-t-il en pointant l'index vers moi.

Le souffle coupé, je reculai précipitamment.

— Tu sais, j'ai entendu dire qu'il y a un groupe de danseurs d'avant-garde qui dansent nus. Tu as envie d'essayer?

Après ce qu'il venait de faire, je ne savais plus s'il plaisantait ou non.

— Tout nus?

Imaginer une chose pareille m'était impossible.

— C'est censé donner plus de liberté d'expression. Il faut vraiment que j'essaie un de ces jours... Alors?

— Alors quoi?

— Tu n'as pas répondu à ma question. Ce sont des seins ou de la graisse de bébé?

— Ça ne te regarde pas, marmonnai-je.

— Tu ne devrais pas avoir honte de ton corps, voyons.

— Je n'ai pas honte.

— Est-ce que j'ai l'air d'avoir honte du mien? Est-ce que je te cache quelque chose? Vas-y, regarde-moi, dit-il en me faisant face avec un sourire. Je n'ai pas oublié comment tu m'as regardé le premier jour.

Je fis mine de nier.

— Ne mens pas. L'honnêteté est la qualité la plus importante du bon danseur. Chacun de tes mouvements révélera si tu es honnête ou si tu triches. C'est ce que ne cesse de répéter Madame. Alors, ce sont des seins ou un bourrelet de graisse?

Sans se départir de son sourire narquois, il se rapprocha de moi.

— Si tu n'es pas gentille, je pourrais te mettre dans de sales draps, tu sais. Madame te ferait quitter les pointes aussi sec. Et je ne crois pas que ta mère apprécierait.

Des larmes me brouillèrent la vue.

— Qu'est-ce que tu veux de moi?

— Laisse-moi décider tout seul.

Il tendit la main et effleura ma poitrine. La peur m'empêcha de le repousser.

— Je ne sais pas encore, reprit-il. Je te le dirai quand je le saurai.

Je voulus m'écarter mais il attrapa mon maillot par une bretelle, tira dessus et le fit glisser.

— Arrête, suppliai-je.

— Tu as honte? grogna-t-il.

— Non, mais je t'en prie, arrête.

— Si tu ne me laisses pas voir, je m'arrangerai pour te faire rater ton premier cours sur les pointes, menaça-t-il.

Une boule se forma dans ma gorge et je me pétrifiai. Il tira sur le maillot jusqu'à découvrir ma poitrine puis il s'immobilisa, ses yeux noirs rivés sur mon buste. Ensuite, très lentement, il tendit la main et me toucha. Je bondis en arrière comme si ses doigts avaient été chargés d'électricité.

— Ce sont des seins, conclut-il. Eh bien, c'était si difficile que ça?

Il s'écarta sur une pirouette suivie d'un saut agile, avant d'atterrir légèrement et de quitter la pièce. Les larmes ruisselaient sur mes joues et mon cœur battait la chamade.

Je remontai mon maillot et sortis à mon tour mais en restant dans l'ombre du couloir jusqu'à ce que la porte d'entrée se referme bruyamment.

— Il y a quelque chose qui ne va pas? demanda Mildred qui sortait du salon.

— Non, je me reposais, c'est tout.

Elle secoua la tête, d'un air peu convaincu.

Je me sauvai en courant, grimpai l'escalier et me réfugiai dans ma chambre. Ce que je venais de vivre m'avait bouleversée. Mes jambes étaient agitées de tremblements incoercibles. Le pire était ce sentiment d'être prise au piège et réduite à l'impuissance. Il aurait pu me déshabiller complètement et je n'aurais pas osé l'en empêcher. Pourquoi avait-il fait ça? Pourquoi avait-il profité ainsi de moi? Et pourquoi n'avais-je pas appelé au secours? Mildred aurait sûrement accouru.

J'essuyai mes larmes et me regardai dans la glace. Jusqu'à ce jour, on ne m'avait traitée que comme une petite fille. Aucun garçon, me semblait-il, ne s'était intéressé à moi sur le plan sexuel. A présent mes seins bourgeonnaient. Mon temps venait. Lorsque Dimitri m'avait touchée, j'avais été terrifiée tout en éprouvant une autre sensation, très étrange. Que redoutais-je le plus? Lui ou ce qui se passait à l'intérieur de moi?

Comme les autres filles avaient de la chance, les filles qui avaient des mères et des sœurs à qui parler dans un moment comme celui-ci! Raconter cet incident à Céline risquait de déclencher une catastrophe. Madame nierait ou nous en voudrait de faire un drame de rien du tout. Elle pouvait fort bien nous planter là et, alors, que ferais-je?

Mais comment me taire? Et dire qu'il me faudrait affronter Dimitri dès le lendemain alors que démarrer le travail sur les pointes me mettait déjà dans un état de grande nervosité. Cet incident n'était peut-être que le premier d'une longue série

qu'il me faudrait endurer dans le seul but de satisfaire Céline.

Cette question, comme tout le reste, me faisait
appréhender vivement la journée du lendemain.

La nuit fut mauvaise. Je ne cessais de me retourner dans mon lit et, lorsque je parvins enfin à
m'endormir, ce fut pour plonger dans des cauchemars à répétition dont je me réveillai trempée de
sueur. A l'aube, j'étais parcourue de frissons et ma
nuque était douloureuse. Je me rendormis lourde-
ment peu avant le moment de me lever. Un petit
coup à la porte me tira du sommeil. Sanford passa
la tête dans l'entrebâillement de la porte.

— C'est l'heure, Janet, fit-il avec un sourire.

Je me redressai. Une violente douleur me vrilla la
colonne vertébrale et je lâchai un petit gémissement.
Inquiet, Sanford approcha.

— Qu'y a-t-il?

— Je ne me sens pas bien. J'ai mal au cou et j'ai
très froid, bredouillai-je en claquant des dents.

Il posa la main sur mon front et son inquiétude
s'accrut visiblement.

— On dirait que tu as de la fièvre. Je vais chercher un thermomètre, dit-il en sortant.

Il revint aussitôt et glissa l'instrument sous ma
langue.

— C'est exactement ce que je craignais,
marmonna-t-il en marchant de long en large. Avec
tes devoirs scolaires et tes leçons de danse, tu tra-

vailles trop. Tu n'as même pas le temps de te reposer. Et ta vie a complètement changé; il y a plein de choses nouvelles et un peu effrayantes à assimiler, de quoi perturber n'importe qui. Tout ça, alors que tu es en pleine croissance. Personne ne m'écoute dans cette maison mais, sur ce point, je sais que j'ai raison.

Il regarda le thermomètre et hocha la tête.

— 39,8. C'est une grosse fièvre. Eh bien, vous allez rester au lit, jeune personne. Mildred va t'apporter du thé et de l'aspirine. Tu as mal à la gorge ?

— Non. Seulement au cou et aux épaules. Et aussi aux jambes.

Ce n'était pas nouveau. Depuis que je vivais dans cette maison, j'avais toujours mal aux jambes. Il resta devant moi à m'examiner, l'air songeur.

— J'ai changé d'avis. Je ne vais pas te donner d'aspirine tout de suite, je vais d'abord t'emmener chez le médecin. Couvre-toi et on se retrouve au rez-de-chaussée.

Je me levai lentement, me passai de l'eau sur le visage et enfilai un vieille chemise en flanelle et un jean détendu. Comme j'approchais de la chambre de Céline et de Sanford, leurs voix étouffées me parvinrent. Céline paraissait très irritée.

— De quoi parles-tu ? C'est ridicule. Trop danser n'a jamais rendu personne malade.

— Je n'ai pas dit que c'était la seule cause. Mais il est visible que cette enfant est épuisée.

— C'est stupide. Elle est jeune. Elle dispose d'une réserve d'énergie illimitée, insista Céline.

Je n'eus pas le courage d'en écouter plus et descendis l'escalier en silence.

Sanford me rejoignit dans le vestibule et proposa de me porter jusqu'à la voiture. Je ne souffrais pas tant que ça et me contentai d'accepter son bras, ce qui me donna l'impression étrange d'être, en l'espace d'une nuit, devenue une très vieille dame.

— J'ai appelé le Dr Franklin. C'est un grand ami ; il a promis d'arriver un peu en avance à son cabinet pour t'examiner la première, expliqua Sanford.

— Céline est fâchée contre moi ?

J'étais ennuyée qu'elle ne soit même pas venue voir comment j'allais.

— Non, bien sûr que non. Elle est inquiète, c'est tout, dit-il en se détournant.

Après m'avoir examinée, le docteur diagnostiqua une grippe et ne prescrivit que du repos et de l'aspirine. Moins d'une heure plus tard, j'étais de retour dans mon lit, une tasse de thé à la main et un cachet dans l'autre.

— J'appellerai de l'usine, dit Sanford à Mildred. Prenez sa température dans deux heures environ.

— Oui, Monsieur, promit-elle avec un sourire.

Je me rendormis d'un meilleur sommeil. L'impression que quelqu'un était entré dans ma chambre me réveilla ; j'ouvris les yeux et vis Céline qui, penchée en avant dans son fauteuil, me regardait fixement.

— Tu ne m'as pas l'air très chaude, dit-elle après avoir effleuré mon front.

— Je me sens un peu mieux, assurai-je en tentant de ne pas tenir compte de mes courbatures.

— Bien. Ne t'inquiète pas pour l'école. J'ai téléphoné et on nous déposera le travail à faire cet après-midi. Repose-toi jusqu'à la leçon de danse.

— La leçon de danse ? Mais est-ce que je ne devrais pas plutôt attendre demain ?

— Non, non. On n'annule jamais une leçon avec Mme Malisorf. C'est elle qui annule. As-tu seulement une idée du nombre de gens qui voudraient qu'elle enseigne à leurs enfants? Obtenir qu'elle s'occupe de toi, c'est quelque chose de formidable, et tu le mérites. Elle m'a dit qu'elle avait décidé de te mettre sur les pointes. Je suis si fière de toi, ma chérie! Cela m'a pris des années pour en arriver au même point. Tu le sais?

Je secouai la tête.

— Eh bien, si. Alors tu vois comme tu es douée.

— Mais je crains de mal faire si je ne me sens pas bien.

— On ne doit jamais se laisser trahir par son corps, insista-t-elle. Un danseur *doit* être consciencieux. Quand c'est l'heure de danser, on danse, quelle que soit la situation. J'ai même dansé le jour où ma grand-mère est morte. Nous étions très proches, pourtant. Elle me soutenait dans mon ambition et c'est grâce à elle que mes parents ont accepté que je me consacre à la danse. J'étais triste mais je devais danser. Donc j'ai dansé. Si j'ai pu danser le jour de la mort de ma grand-mère, tu peux danser avec un peu de fièvre et quelques courbatures, Janet. Oui? Oui? répéta-t-elle, comme je ne répondais pas assez vite.

— Oui, fis-je d'une voix faible en regrettant que Sanford ne soit pas à la maison pour prendre ma défense.

— Bon. C'est entendu. Repose-toi jusqu'à ce que je t'appelle, dit-elle en faisant pivoter son fauteuil. En fait, c'est un coup de chance. Tu vas te reposer toute la journée avant de démarrer sur les pointes. Tu vois? Tout tourne en faveur des gens qui veulent vraiment quelque chose, déclara-t-elle avant de sortir.

Elle avait dansé le jour où sa grand-mère était

morte. Je n'avais pas eu de grand-mère, ni même de mère, mais si j'en avais eu, je les aurais trop aimées pour être capable de faire quoi que ce soit le jour de leur mort. Jamais je ne pourrais me vouer à ce point à la danse. Y avait-il quelque chose qui ne tournait pas rond chez moi ?

Mildred revint prendre ma température et m'annonça qu'elle avait baissé. Ma nuque était toujours raide et douloureuse et je ne pus que grignoter un demi-toast et trois cuillerées de porridge chaud. Mon estomac faisant quelques soubresauts, je compris qu'insister me rendrait encore plus malade.

Sanford téléphona pour demander de mes nouvelles et s'excuser de devoir rester à l'usine. Selon Mildred, il fallait de gros problèmes pour le retenir loin de la maison alors que l'une de nous était malade.

Je m'endormis à nouveau et c'est le bruit du siège fixé à la rampe d'escalier qui me réveilla. J'attendis et guettai la porte. Céline entra presque aussitôt.

— C'est l'heure, ma chérie, chantonna-t-elle comme si le jour venait de se lever. Prends une douche chaude pour réchauffer tes muscles et mets ton maillot et tes chaussons de pointe.

Je me redressai péniblement contre l'oreiller et pivotai pour poser les pieds à terre. La tête me tourna dès que je me mis debout. Ce que je me gardai de signaler. Je n'avais pas le choix. Elle voulait que je danse, je devais obéir.

— Dépêche-toi d'aller prendre ta douche, s'impatienta Céline.

Mes jambes étaient si raides et crispées que marcher tenait du supplice. Comment pourrais-je danser ? Je me glissai dans la cabine de douche et laissai l'eau chaude ruisseler sur ma nuque et mon dos.

Cela me fit du bien et je regagnai ma chambre d'un pas plus alerte. Céline m'y attendait.

— Dépêche-toi de descendre! cria-t-elle. Je veux que tu fasses quelques exercices d'assouplissement avant l'arrivée de Madame. Dimitri est déjà là. Il t'entraînera.

Enfiler le maillot, le collant et les chaussons me mit hors d'haleine mais j'y parvins. J'arrivais au rez-de-chaussée lorsque Mildred sortit du salon où quelques travaux ménagers l'avaient appelée. Ma vue la fit sursauter.

— Tu n'aurais pas dû sortir du lit, Janet, dit-elle en posant le bras sur mon épaule pour me faire faire demi-tour. Mr. Delorice m'a laissé des ordres et...

— Ma mère veut que je prenne ma leçon de danse.

— Elle le veut? Oh!

Son ton indiquait bien à quel Delorice il lui semblait préférable d'obéir.

— Janet? appela Céline.

— J'arrive, répondis-je en me hâtant vers le studio.

Dimitri était déjà en train de s'étirer à la barre. Comme d'habitude, il travaillait avec une concentration qui le rendait indifférent à tout ce qui l'entourait. Je m'approchai, pris ma position et commençai à m'échauffer. Il finit par me regarder.

— C'est le grand jour pour toi, dit-il. Si tu es gentille avec moi, je t'aiderai et tu feras des prouesses.

Il rit et s'écarta pour exécuter ce qu'on appelle des *frappés* sur trois quarts de pointe. A le voir, on aurait cru que c'était aussi facile que marcher mais son sourire arrogant m'indisposait plus que la grippe.

Mme Malisorf arriva quelques minutes plus tard et parut satisfaite que j'aie commencé l'échauffement.

— Montre-moi tes pieds, ordonna-t-elle.

Elle examina avec soin les chaussons.

— Excellent. Bien choisis, Céline, dit-elle à ma mère qui hocha la tête et sourit. Place-toi, ordonna-t-elle.

« Se placer » consistait à aligner le corps bien droit, les épaules détendues et d'aplomb au-dessus des hanches, la tête redressée et le poids également réparti sur les deux pieds. Selon Mme Malisorf, il fallait s'imaginer suspendue à un fil par le sommet du crâne. Elle me complimenta sur mon placement.

— L'essentiel pour travailler sur les pointes, c'est une bonne coordination de tout le corps ; chaque partie doit s'adapter correctement et sans effort à toute nouvelle position sans perdre le placement, commença-t-elle d'une voix plus hautaine que d'ordinaire.

La démonstration de Dimitri me fit penser à la danse d'un pantin géant.

— Jusqu'à présent, tout notre travail a eu pour objectif de te rendre plus forte. Ce qui nous permet de passer à la suite. Tes genoux ne doivent pas fléchir. Prends exemple sur Dimitri. L'articulation de ta cheville est maintenant suffisamment flexible pour exécuter correctement les demi-pointes. Ne crispe pas les orteils, Dimitri, dit-elle, et il renouvela sa démonstration.

J'entrepris de l'imiter mais mes efforts répétés ne firent que déclencher des rafales d'ordres comminatoires et de reproches amers.

— Garde l'alignement, attention au placement, rentre les fesses, baisse les épaules. Non, non, non, tu te laisses aller. Pourquoi es-tu aussi molle aujourd'hui ? Encore, encore. Dimitri, recommence... Regarde-le, observe-le, étudie-le.

Elle perdit patience, m'empoigna par les épaules et me tourna vers Dimitri.

— Regarde-le !

Il se planta devant moi et exécuta le mouvement.

— Tu vois comme le placement est important ?

— Oui, Madame.

— Alors, pourquoi tu n'y prêtes aucune attention aujourd'hui ?

Je jetai un coup d'œil à Céline qui fit non de la tête. Je n'aurais droit à aucune excuse. Je ne pouvais même pas dire que j'étais malade. Je recommençai, en m'appliquant de toutes mes forces. A l'intérieur de mon corps, tout semblait s'entrechoquer, os, organes, viscères ; je serrai les dents et parvins à cacher mon malaise.

Avec un air d'immense supériorité, Dimitri me montra les ronds de jambe, les petits et les grands battements. La musique me vrillait les oreilles. Plus empotée que jamais, je jetais des coups d'œil désespérés sur Madame et constatais, chaque fois, sa déception et sa désapprobation.

— Arrête, arrête, arrête ! cria-t-elle. C'était peut-être trop tôt, ajouta-t-elle à mi-voix.

— Non, protestai-je.

Mes chevilles étaient sur le point de se briser et mes orteils risquaient de rester définitivement tordus, mais il n'était pas question que je renonce. Ma nouvelle vie en dépendait.

Dimitri s'approcha de moi.

— Essayons encore, Madame, dit-il en posant ses mains sur mes hanches. Je vais la guider.

A contrecœur, elle tapa dans ses mains et nous

recommençâmes. Chuchotant à mon oreille, Dimitri m'indiqua seconde par seconde comment me mouvoir, m'incliner et pivoter. Ses mains fermes me soutenaient, sa voix me guidait et je me sentis différente, meilleure et plus assurée. Il était vigoureux et il ne me lâcha qu'à la fin de l'exercice.

— C'est mieux, marmonna Mme Malisorf. Oui, c'est ça. Bien. Garde la ligne. Bien.

La leçon s'acheva enfin. Mon maillot était trempé de sueur et mon corps aussi mou qu'un chiffon.

— C'est un premier essai acceptable, déclara Madame en insistant sur le mot *acceptable*.

— Elle fera beaucoup mieux demain, intervint Céline en nous rejoignant.

— Demain, peut-être pas, mais bientôt, sans doute, admit Madame.

Dimitri transpirait presque autant que moi.

— Merci du mal que tu t'es donné, lui dit-elle. Tu devrais prendre une douche chaude immédiatement. Je ne veux pas que mon meilleur élève attrape froid en sortant. Céline ?

— Bien sûr. Va dans ma salle de bains, Dimitri. Janet, montre-lui le chemin.

— Dans deux semaines, j'organise un spectacle avec un certain nombre de mes élèves, dit Madame. Janet en fera partie.

— Oh, Janet, c'est merveilleux ! Tu as entendu ? Merci, Madame. Merci mille fois. Ton premier spectacle, ma chérie. Quelle joie !

— Un spectacle ? fis-je dans un petit cri. Avec un public et tout et tout ?

— Ne t'inquiète pas, déclara Madame. Tu seras parfaitement prête pour ce que tu auras à faire.

— Oh oui, elle sera prête ! s'écria Céline. Quoi qu'on lui demande, elle sera prête.

Dimitri prit son sac et me suivit.

— Au début, tu étais vraiment nulle, dit-il en bas de l'escalier.

— J'étais malade. Je suis toujours malade. J'avais de la fièvre ce matin.

— Heureusement que tu ne l'as pas dit à Madame. Elle déteste les excuses. Passe devant moi, montre-moi le chemin.

Je le précédai.

— Tu sais, depuis que je travaille avec toi, ton arrière-train est devenu bien rond et ferme.

La gêne m'empêchant de trouver une repartie, je gardai le silence. Je le guidai dans la salle de bains de Céline, lui fourrai une serviette dans les mains et me réfugiai dans ma chambre en vitesse, tant j'avais hâte de me doucher et de m'écrouler sur mon lit. Mes chevilles me faisaient très mal et des marbrures rouges striaient mes pieds.

J'ouvris le robinet de la douche tout en me déshabillant. J'allais entrer dans la cabine lorsque j'entendis la voix de Dimitri :

— Placement!

Je me retournai. Il était derrière moi, torse nu, une serviette autour des reins, et me dévorait des yeux.

— Placement, répéta-t-il. Rentre les fesses, redresse la tête, efface le ventre.

— Va-t'en! criai-je en me couvrant de mon mieux.

Il éclata de rire.

— Allons. Placement. Tu te rappelles ce groupe qui danse nu, dont je t'ai parlé?

Il tendit la main. J'eus beau maintenir fermement les bras croisés, il parvint à les desserrer et à les écarter de ma poitrine. Puis il dénoua sa serviette et se tint nu devant moi. Malgré ma peur, je ne pus m'empêcher de le regarder.

Il se hissa sur la pointe des pieds, m'attira à lui et me fit pivoter avant de me soulever. Puis il me reposa à terre et se pressa contre moi.

— Voilà, dit-il. Est-ce que ce n'était pas agréable?

En riant, il ramassa sa serviette, la drapa sur ses hanches et sortit.

J'avais du mal à respirer et la tête me tournait. Je glissai sur le sol et restai assise sur le carrelage sans bouger. Une nausée me souleva l'estomac. Je rampai jusqu'à la douche et me glissai dans la cabine embuée.

Il ne me fallut que quelques minutes pour me laver, m'essuyer et regagner mon lit. J'allais fermer les yeux lorsque j'entendis ma porte s'ouvrir et vis Dimitri passer la tête.

— A demain. Oh... comme je le disais, tu as un très joli petit derrière. Tu vas peut-être devenir une vraie danseuse après tout, ajouta-t-il dans un éclat de rire.

La porte se referma. Répliquer quoi que ce soit m'était impossible. Penser aussi. Je pressai les mains sur mon ventre, me tournai sur le côté et m'endormis.

Le bruit d'une dispute me réveilla. Il faisait déjà sombre dehors. Les voix de Sanford et de Céline me parvenaient du couloir. Il s'indignait qu'elle m'ait forcée à prendre ma leçon.

— Elle avait de la fièvre. Le Dr Franklin a dit qu'elle avait la grippe, Céline. Comment as-tu pu l'obliger à faire des exercices aussi fatigants?

— Tu ne comprends pas, dit-elle. Elle doit repérer les obstacles, les surmonter, se construire une force intérieure ; c'est cela qui fait la différence entre un vrai danseur et un amateur, un enfant et une femme. Et aujourd'hui, elle a travaillé suffisamment bien pour qu'on l'invite à se produire sur scène. Tu n'as pas entendu ce que j'ai dit ? Un spectacle !

— Elle est trop jeune, Céline, protesta Sanford.

— Mais non, espèce d'idiot. Elle est presque trop âgée. Ces dernières semaines, elle a pris plusieurs années d'un coup. A part ta satanée usine, tu ne connais rien à rien. Eh bien, cantonne-toi à ton boulot et laisse-moi m'occuper de notre fille. Tu as ruiné toutes mes chances mais tu ne nous ôteras pas les siennes ! cria-t-elle.

Sur ce, un lourd silence s'installa.

Malgré ce que Céline avait dit, je ne fis la connaissance de mes grands-parents que le jour du spectacle. Mme Malisorf en organisait un deux fois par an afin de faire débuter ses nouveaux élèves et mettre en valeur les plus âgés. Les débutants, comme moi, devaient montrer qu'ils avaient bien assimilé les mouvements de base. Les autres dansaient chacun une scène d'un ballet célèbre. Dimitri tenait le rôle principal de *Roméo et Juliette*.

Ayant travaillé seule à domicile, je ne connaissais pas les six autres débutants. Ils ignoraient mon niveau et je n'avais aucune idée de ce dont ils étaient capables. Ce qui fait que, dès le début, nous nous mîmes tous les sept à l'échauffement en nous épiant comme si nous nous préparions à nous affronter au revolver. Les expressions concentrées des familles montraient que chacun espérait voir son fils ou sa fille surpasser les autres. Je savais que Céline nourrissait cet espoir. Durant le trajet, elle n'avait pas cessé de s'enorgueillir de mes capacités.

— Lorsqu'ils apprendront que non seulement tu n'as jamais dansé avant de venir chez nous, mais qu'en plus tu n'avais pas vu un seul ballet, ils seront époustouflés. Et attends qu'ils apprennent au bout de combien de temps Mme Malisorf t'a mise sur les pointes, ajouta-t-elle avec un petit gloussement. J'imagine d'ici leurs figures; pas toi, Sanford?

— Je continue à penser qu'on l'a poussée un peu trop vite, avait-il dit doucement.

Seul à remarquer combien je souffrais, il me demandait tous les soirs si je désirais une compresse chaude ou un massage. Certains jours, mes souffrances étaient telles que marcher le lendemain tenait de la torture.

— Je crois que pour cela Mme Malisorf est meilleur juge que toi, Sanford. Elle n'aurait pas mis Janet dans son spectacle si elle ne l'en avait pas jugée capable.

Les propos et les espoirs immenses de Céline accroissaient mon anxiété. Pour tout arranger, mes pieds étaient plus douloureux que jamais et si enflés que j'avais eu du mal à me chausser.

Lorsque nous arrivâmes, nous trouvâmes une petite foule de spectateurs déjà installés; il s'agissait pour la plupart des familles des danseurs mais aussi, selon Céline, d'amoureux de la danse, d'autres professeurs et même de maîtres de ballet en quête de futures stars.

Une petite scène se dressait devant les rangées de sièges et des loges étaient disposées à l'arrière-plan.

Je portais déjà mon tutu et mes chaussons et pouvais donc m'échauffer sans tarder. J'avais à peine commencé lorsque je vis Sanford pousser le fauteuil de Céline vers moi; un homme à la moustache grise et une femme aux cheveux bleutés les accompagnaient.

Lui avait une démarche alerte, des yeux bleus et un sourire amical. Elle gardait un air sévère et son regard gris me réfrigéra. Ses traits figés donnaient l'impression qu'elle portait un masque.

— Janet, voici mes parents, Mr. et Mrs. Westfall, dit Céline.

C'étaient donc les deux personnes qui allaient être mes grands-parents.

— Bonjour, mon petit, s'écria le vieux monsieur.

— Bonjour, fis-je dans un murmure.

Ma grand-mère m'examina et, en un clin d'œil, je fus pesée, mesurée, jaugée.

— Elle est toute petite. Presque treize ans, tu dis? demanda-t-elle à Céline.

— Oui, Mère, mais elle a la grâce d'un papillon. Elle est telle que je la voulais, répliqua fièrement Céline.

— Que se passera-t-il, si elle ne grandit plus? demanda Mrs. Westfall sans cesser de me détailler.

Je remarquai qu'elle était bardée de bijoux, rivière de diamants et bague à chaque doigt.

— Bien sûr qu'elle grandira! s'écria Sanford d'une voix indignée qui me surprit.

— J'en doute, marmonna ma nouvelle grand-mère. Bon, eh bien, où devons-nous nous asseoir? reprit-elle en se tournant vers la salle déjà bien remplie.

— Nos sièges sont là, sur la droite, dit Sanford en désignant des fauteuils vides au premier rang.

L'emplacement parut satisfaire ma grand-mère.

— Allons-y, fit-elle en s'éloignant d'une démarche élégante, la tête parfaitement droite.

— Bonne chance, jeune demoiselle, dit mon nouveau grand-père.

— Après le spectacle, nous irons tous dîner ensemble pour fêter ton succès, dit Céline en me prenant la main.

— Détends-toi et fais de ton mieux, dit Sanford avec un sourire plein de tendresse.

— Oh, non! lâcha Céline qui venait de se retourner. Voilà mon frère. Qui aurait pu imaginer qu'il viendrait?

Un grand sourire aux lèvres, Daniel remontait l'allée. Son chapeau de cow-boy, sa chemise en grosse toile jaune, son jean et ses bottes sortaient visiblement du magasin mais, les autres spectateurs ayant revêtu leurs plus beaux atours comme pour un ballet en ville, sa tenue détonnait et des gloussements parcoururent l'assistance.

— C'est comme ça que tu t'habilles pour une soirée comme celle-ci? gronda Céline dès qu'il nous eut rejoints.

— Qu'est-ce qui ne va pas avec mes vêtements? Ils ont coûté une fortune... Bonne chance, petite fille, ajouta-t-il à mon intention.

Céline ne lui ayant pas réservé de siège, il alla s'adosser contre le mur et croisa les bras.

Je rejoignis les autres élèves qui s'exerçaient à la barre. Dimitri s'approcha de moi.

— Détends-toi, dit-il. Tu es trop crispée. Ce n'est pas tout à fait le Ballet du Metropolitan, tu sais. Ce n'est qu'un groupe de parents remplis de fierté devant leur progéniture.

— Tes parents sont là?

— Bien sûr que non, répliqua-t-il. Ça n'est pas assez important.

— Pour moi, si.

Son sourire arrogant me fit regretter cet aveu.

— Fais comme si j'étais là, seul avec toi, et tout ira bien. Et même, ajouta-t-il en se penchant à mon oreille, imagine que je suis nu.

Mon visage s'embrasa immédiatement. Sur un éclat de rire, il alla rejoindre ses camarades et leur murmura quelque chose qui les fit se retourner vers moi en gloussant. Je tentai de les ignorer et me concentrai sur mes exercices, mais mon cœur battait la chamade et j'avais du mal à respirer normalement.

Lorsque Madame monta enfin sur scène, un silence absolu tomba sur l'assistance.

— Bonjour, chers amis. Merci d'être venus assister à notre spectacle bisannuel. Nous commencerons par quelques exercices de base mais néanmoins difficiles, qui constituent la partie de la leçon appelée *adagio* et qui seront exécutés par mes élèves débutants. Vous remarquerez comme ils ont déjà acquis un bon placement du corps et un bon équilibre. Tous, je suis heureuse de le dire, dansent à présent *sur les pointes*. Comme ceux d'entre vous qui sont déjà venus ici le savent, les danseurs ne se sont hissés sur leurs orteils qu'au tout début du XIXᵉ siècle mais ce n'est que trente et quelques années plus tard que ce style de danse s'est largement développé, lorsque la ballerine Marie Taglioni en a montré toute la puissance poétique. Respect de l'héritage, recherche du style, approfondissement de la technique, développement de la grâce et souci de l'élégance sont les valeurs que prône l'École de Danse classique Malisorf. Sans autre commentaire, voici mes élèves de première année.

Sur une légère inclinaison de la tête, elle recula et adressa un signe au pianiste.

Chacun sachant ce qu'il devait faire dès les premières notes, nous prîmes nos places. Dans la suite d'exercices que nous devions exécuter, le plus difficile, en ce qui me concernait, était l'*entrechat* que Mme Malisorf venait tout juste de m'enseigner. C'est l'un des pas dits d'élévation. Le danseur bondit, effectue un battement de jambes et atterrit doucement. Mme Malisorf voulait que nous le fassions suivre d'une pirouette et d'un arrêt pleins de grâce. Ensuite, nous n'aurions plus qu'à saluer, ce qui, nous l'espérions, déclencherait une rafale d'applaudissements.

Je regardai mes grands-parents, puis Céline qui esquissait un petit sourire. Sanford m'adressa un hochement de tête et un plus grand sourire. Hilare, Daniel se hissa sur la pointe des pieds, fit trois pas en tournoyant puis revint s'effondrer contre le mur.

Les premières notes s'élevèrent. Tout en dansant, je notai que mes camarades ne cessaient de s'épier mutuellement. Me rappelant combien il était important de se concentrer sur la musique, de la sentir, de s'isoler dans son petit monde personnel, je tentais de les ignorer. Les seuls visages sur lesquels mes yeux parfois s'égaraient étaient ceux de Dimitri et de Madame qui tous deux arboraient un air critique.

Mes pieds me faisaient atrocement souffrir, à croire qu'on m'avait soumise à la question. Pourquoi Madame affectait-elle d'ignorer mon supplice? Était-ce vraiment le prix à payer pour devenir danseuse ou bien Dimitri avait-il raison en prétendant qu'elle me poussait pour complaire à Céline?

Madame ne nous avait jamais fait répéter

ensemble. Chacun de nous était censé rester à sa place et y exécuter ses mouvements sans empiéter sur l'espace d'autrui. J'aurais dû prêter plus d'attention à ma voisine qui dès le début se rapprocha dangereusement et, à la sortie d'une pirouette, effleura mon tutu de la main.

Cela me fit perdre l'équilibre ; malgré mes efforts, je m'inclinai trop vers elle, si bien que nous nous heurtâmes carrément et je tombai, les mains à plat sur le parquet. Ma voisine continua à tournoyer, faillit heurter un autre danseur et chuta de son côté.

Le public éclata de rire, Daniel plus fort que tout le monde. Dimitri prit un air écœuré. La bouche de Céline béa avant de se refermer sur une expression d'absolue incrédulité. Sanford eut l'air attristé tandis que ma nouvelle grand-mère secouait la tête en ricanant. Le visage de mon grand-père n'exprima que de l'étonnement.

De son coin, Madame nous fit signe de nous relever. J'obéis aussitôt et repris mes mouvements là où j'en étais restée mais, d'un geste de la main, elle m'ordonna de rejoindre les autres qui saluaient déjà l'assistance.

Il y eut de vifs applaudissements. Les spectateurs semblaient apprécier nos imperfections. Madame gagna le centre de la scène.

— Voilà pourquoi nous consacrons une grande partie de notre jeunesse aux exercices et aux pas les plus simples. Le ballet est réellement la danse des dieux... C'étaient mes élèves débutants, reprit-elle en insistant sur l'adjectif.

De nouveaux applaudissements se déchaînèrent. Après quoi, nous laissâmes la scène aux élèves plus âgés. Au passage, Dimitri me fusilla du regard.

J'avais l'impression qu'une pierre me pesait sur

l'estomac. La fille qui m'avait heurtée se rua sur moi.

— Espèce d'idiote! On n'a jamais vu une pareille empotée! Pourquoi tu ne regardais pas où tu allais?

Nos camarades s'étaient arrêtés pour écouter.

— Mais, protestai-je, c'est toi qui t'es trop rapprochée!

— Tout le monde l'a vu. C'était la faute de qui? demanda-t-elle à ses amis.

— De la Naine, glapit l'un des garçons, ce qui déclencha un vaste fou rire.

La fille me lança un regard haineux et ils s'éloignèrent. Tête basse, les joues ruisselantes, je m'assis sur une chaise.

— Hé là...

Je levai la tête et aperçus Sanford qui pénétrait dans les coulisses.

— Il n'y a aucune raison de pleurer. Tu as très bien dansé.

— Horriblement mal, bredouillai-je entre deux sanglots.

— Non, non. Ce n'était pas ta faute.

— Tout le monde pense que si, répondis-je en essuyant mes larmes du dos de la main.

— Viens. On va assister au reste du spectacle.

Je pris sa main et descendis, terrorisée, dans la salle. Tous les regards allaient sûrement se fixer sur moi et des rires fuser. Les yeux rivés au sol, je suivis Sanford et contournai la rangée de sièges. Deux fauteuils vides indiquaient que mes nouveaux grands-parents étaient déjà partis.

Céline garda le silence. Un peu haletante, elle fixait l'estrade où Dimitri dansait un extrait de *Roméo et Juliette*. Son aisance était telle qu'il semblait régner sur scène et il était évident, même pour moi qui n'étais qu'une débutante, que son talent mettait en valeur celui, bien moindre, des autres danseurs. Lorsque ce fut fini, les applaudissements se déchaînèrent et tous les visages exprimèrent une sincère admiration. Madame revint saluer et remercier l'assistance de son attention, puis elle annonça que des rafraîchissements nous attendaient dans un salon adjacent.

— Rentrons tout de suite, grommela Céline.

— Céline... protesta Sanford qui désirait m'éviter un surcroît d'embarras.

— Je t'en prie. Rentrons tout de suite.

Il empoigna le fauteuil et le poussa vers la sortie. Quelques personnes nous arrêtèrent pour affirmer qu'elles avaient aimé ma façon de danser.

— Ne te décourage pas, mon petit, dit un homme au visage rougeaud. C'est comme pour monter à cheval. On se relève et on recommence.

Sa femme l'entraîna vivement. Céline lui jeta un regard hargneux. Il était visible qu'elle n'avait qu'une hâte : s'éclipser au plus vite.

J'aperçus Daniel qui bavardait avec une danseuse. Il me salua de la main mais j'étais beaucoup trop mal à l'aise pour en faire autant. Ce ne fut qu'une fois dans la voiture que j'osai parler.

— Pardon, Mère. Je ne savais pas que ma voisine s'était autant rapprochée de moi et elle non plus ne l'avait pas remarqué.

— C'était sa faute, assura Sanford.

Céline garda le silence si longtemps que je crus qu'elle ne me répondrait pas.

— Tu n'as rien à reprocher à personne, dit-elle enfin au bout de quelques minutes. C'est à toi de faire attention aux autres. Si ton partenaire n'est pas à sa place, tu dois compenser. C'est ce qui fera de toi la meilleure.

Son ton était sans réplique ; Sanford tenta cependant de me défendre.

— Elle ne fait que débuter, Céline. Les erreurs sont parfois l'occasion de progrès.

— Les erreurs ne doivent être commises qu'à l'entraînement, pas sur scène, répliqua-t-elle sèchement. Il va falloir que tu travailles davantage.

— Davantage ? Comment le pourrait-elle, Céline ? Elle n'arrête pas. Elle n'a même pas eu le temps de se faire des amis. Il lui faut vivre, aussi.

— Sa vie, c'est la danse. Elle l'aime autant que je l'aime. N'est-ce pas, Janet ? N'est-ce pas ?

— Oui, Mère, m'empressai-je de répondre.

— Tu vois ? J'en parlerai à Madame. Peut-être acceptera-t-elle de te donner une leçon de plus par semaine.

— Quand donc ? Le week-end ? Céline, ce n'est pas raisonnable.

— Sanford, ça me fatigue que tu contestes tout ce que je dis. Et je ne supporte pas que tu te mettes toujours de *son* côté. Tu es mon mari, Sanford. C'est à moi que tu dois allégeance. Janet *aura* une leçon supplémentaire.

Sanford secoua la tête.

— Je continue à penser que c'est trop, dit-il d'une voix radoucie.

— Laisse à Madame et à moi le soin de juger ce qui est nécessaire, insuffisant ou excessif, Sanford.

Il cessa de discuter. Ni lui ni Céline ne parlaient plus d'aller dîner au restaurant. L'idée n'était plus au programme, semblait-il. Quant à mes grands-parents, ils avaient disparu. Céline me fournit la réponse aux questions que je n'osais poser.

— Mon père et ma mère ont été très gênés et sont rentrés chez eux. Et c'est ce que nous allons faire, nous aussi, déclara-t-elle d'une voix métallique.

J'avais beau être menue, j'aurais voulu rapetisser et disparaître dans le mince espace qui séparait les sièges. A peine arrivée, je courus dans ma chambre et refermai la porte. Quelques minutes plus tard, on frappa discrètement.

— Oui?

Sanford entra, un sourire aux lèvres. Je restai assise sur mon lit. Je n'avais plus de larmes tant j'avais pleuré et mes yeux me brûlaient.

— Il ne faut pas que tu en fasses une montagne, dit-il gentiment. Tu auras trente-six occasions de te rattraper.

— Je commettrai sûrement une autre erreur. Je ne suis pas aussi douée que Céline le croit.

— Ne te sous-estime pas après un seul spectacle, Janet. Tout le monde, même les plus grands danseurs, commettent des erreurs.

Il posa les mains sur mes épaules puis se mit à masser ma nuque nouée et douloureuse.

— Maintenant, elle me déteste, marmonnai-je.

— Oh, non! Simplement, elle est déçue de ne pas avoir atteint l'objectif qu'elle s'était fixé. Elle va se détendre et comprendre que ce n'est pas la fin du monde. Tu verras, promit-il en repoussant mes cheveux en arrière. Tu étais vraiment la plus jolie danseuse de la troupe. Et la plupart des gens t'ont trouvée la meilleure.

— Vraiment?

— J'en suis sûr. Tous les yeux étaient sur toi.

— Ce qui n'arrange rien. Au contraire.

Il rit doucement.

— Allons, n'y pense plus. Songe plutôt aux choses agréables. Est-ce que ce n'est pas ton anniversaire, samedi prochain?

— Oui, mais Céline voulait que ce soit le jour où vous m'avez adoptée.

— Ce n'était qu'une de ses idées un peu farfelues. Pourquoi n'organiserions-nous pas, toi et moi, un goûter d'anniversaire? Je sais que tu n'as guère eu l'occasion de te faire de nouveaux amis, mais ce sera peut-être plus facile si nous donnons une petite fête. Réfléchis aux camarades que tu aimerais inviter. On va bien s'amuser, promit-il.

— Est-ce que mes grands-parents viendront?

Son sourire se crispa.

— Sans doute. Maintenant, change-toi et allons dîner.

— Céline n'est pas trop fâchée contre moi? demandai-je, un peu rassérénée.

— Non. Céline a subi une très grande déception dans sa vie. Du coup, en encaisser d'autres, même infimes en comparaison, lui est difficile. La coupe est pleine. C'est tout. Elle va s'en remettre. Et nous aussi.

C'était censé être une promesse, mais cela sonna plutôt comme une prière. Or, depuis ma naissance, aucune de mes prières n'avait été exaucée.

❧ 10 ❧

Madame refusa de me faire travailler davantage. Céline et elle en discutèrent trois jours plus tard, lors de la première leçon après le spectacle.

— Non, dit Madame. J'ai eu tort, moi aussi, de l'avoir poussée trop vite. Je n'aurais pas dû accepter de la mettre si tôt sur les pointes. J'aurais dû écouter mon instinct. Janet doit atteindre d'elle-même son propre niveau et développer naturellement son talent. Le talent, c'est comme l'eau. Si l'on ôte les obstacles qui entravent son débit, elle s'élève d'elle-même à son point le plus haut.

— Je ne suis pas de cet avis, riposta Céline. C'est à nous de déterminer ses limites et ses capacités. Si nous ne la poussons pas, elle ne s'efforcera pas de mieux faire. Elle est trop jeune pour posséder une discipline intérieure.

Madame me regarda ; je m'échauffai à la barre aux côtés de Dimitri qui n'avait encore rien dit de ma prestation lors du spectacle.

— Il faut être prudent. On risque de lui faire perdre tout intérêt et goût pour la beauté et la technique de la danse, Céline. Si l'on entraîne avec excès un athlète, il finit par régresser ; ses muscles se défont et son talent disparaît.

— Il faut en prendre le risque. Augmenter son temps d'entraînement. L'argent n'est pas un problème.

— Je n'ai jamais tenu compte de l'argent, riposta Madame en redressant fièrement la tête.

Céline parut se recroqueviller dans son fauteuil.

— Je sais bien, Madame ; je voulais seulement dire...

— Si tu veux que je continue de m'occuper de cette enfant, Céline, il faut me laisser le contrôle absolu de son entraînement. C'est à moi de décider des horaires et du rythme des leçons. Le mieux est souvent l'ennemi du bien. Il est préférable de chercher la qualité plutôt que la quantité. Si tu n'es pas d'accord...

— Si, si, vous avez raison, s'empressa de répondre Céline. Bien sûr, vous avez parfaitement raison, Madame. Simplement, j'ai été déçue de ce qui s'est passé l'autre jour et vous aussi, je le sais.

— Je n'ai pas du tout été déçue; au contraire.

Céline redressa la tête. Malgré moi, j'interrompis mes exercices et tendis l'oreille.

— Vous n'avez pas été déçue? demanda Céline d'un ton sceptique.

— Non. J'ai été contente de voir l'enfant se relever tout de suite et tenter de continuer. *Ça*, c'est le courage, la détermination et ça vient de là, dit-elle en posant la main sur son cœur.

— Oui, fit Céline en me regardant. Bien sûr, vous avez de nouveau raison. Je vous suis très reconnaissante de bien vouloir vous occuper de nous.

— Alors, ne gaspillons pas le temps dont nous disposons.

Renvoyant Céline d'un petit geste de la main, Madame s'approcha de nous et la leçon commença.

Ce fut une bonne leçon. J'en fus consciente et sentis que j'avais mieux travaillé que d'ordinaire. Madame ne parla du spectacle que pour regretter de m'avoir mise prématurément sur les pointes. Durant le reste de la séance, elle demanda à Dimitri de m'entraîner dans une série d'exercices et me complimenta sur mon travail.

Pourtant rien de cela ne sembla rasséréner Céline qui nous observait d'un air sinistre. Lorsque nous nous retrouvâmes seules, elle me rejoignit et m'expliqua que Mme Malisorf avait tort.

— C'est tout simplement qu'elle ne veut pas renoncer à son temps libre, dit Céline d'un ton grincheux. Contrairement à ce qu'elle prétend, dans la danse classique, le bien est insuffisant, il faut viser le mieux. Si on n'est pas obsédé, on ne réussit pas. Il faut s'y consacrer corps et âme. Je te ferai travailler durant le week-end, ajouta-t-elle. Nous commencerons samedi prochain.

— Mais c'est mon anniversaire et Sanford m'a dit que nous allions donner un goûter. J'ai déjà invité quelques-uns de mes camarades de classe.

— Oh, *Sanford* t'organise un goûter, hein ? fit-elle avec un regard glacial qui m'effraya. Eh bien, un goûter n'occupe pas toute la journée, il me semble. Nous travaillerons le matin et tu auras ton goûter l'après-midi... si tu en as un, d'ailleurs, déclara-t-elle en faisant pivoter son fauteuil vers la porte.

Depuis le spectacle, le comportement de Céline à mon égard avait changé. Elle s'impatientait, prononçait des paroles acerbes et son regard s'était fait plus critique. Elle passait de longs moments seule, assise devant une fenêtre, les yeux dans le vide. Et chaque fois que je parlais de Sanford, elle me scrutait avec insistance comme si elle tentait de lire en moi. Je la retrouvai un soir, dans un coin du salon, la pénombre l'enveloppant comme une couverture, les yeux fixés sur le portrait d'elle en tenue de danseuse.

Lorsque j'exprimai mon inquiétude à Sanford, il déclara qu'il fallait lui laisser du temps pour se remettre. Je me gardai de signaler que Céline s'agaçait des quelques heures que lui et moi passions ensemble, de peur qu'il ne m'évite afin de rester dans les bonnes grâces de sa femme.

— Elle a ses hauts et ses bas, expliqua-t-il. Tout s'est passé si vite ; il lui faut un peu de temps pour s'adapter.

Nous faisions l'une de nos promenades habituelles dans le parc et marchions vers le lac. Ces instants privilégiés, avec un papa qui m'aimait et se souciait de moi, m'aidaient à supporter les heures de torture endurées au studio.

— Tout est organisé pour ton anniversaire, dit Sanford comme nous arrivions au bord de l'eau. Ce sera un goûter dînatoire. Il y aura un barbecue, avec hot dogs et hamburgers pour vous, et steaks pour les adultes.

— Qui va venir ? demandai-je en espérant qu'il citerait mes grands-parents.

— Quelques personnes de l'usine que tu as déjà rencontrées, Mrs. Williams du collège Peabody, Mme Malisorf... et, bien sûr, ajouta-t-il, les parents de Céline et Daniel passeront aussi. Et toi, combien as-tu d'invités ?

— Dix.

— Bien. Voilà qui nous fera une charmante réception. N'oublie pas, personne ne doit utiliser le canot en l'absence d'adulte, d'accord ?

Je fis oui de la tête. La perspective de cette petite réception m'excitait follement. De toute ma vie, jamais je n'avais eu droit à un vrai goûter d'anniversaire. La seule fois où l'on me fit un gâteau avec bougies, nous étions trois orphelins à devoir les souffler. Le partager lui avait ôté tout intérêt. Un anniversaire n'est une partie de plaisir que si l'on a une famille pour le fêter avec vous, une mère pour rappeler des anecdotes de votre petite enfance et un papa pour vous embrasser en disant : « Ma petite fille est en train de grandir. Bientôt, c'est quelqu'un d'autre que moi qu'elle regardera. » J'allais enfin avoir un goûter uniquement pour moi, et pas n'importe quel goûter !

Quand j'annonçai à Sanford que Céline voulait me faire travailler le samedi matin, je vis son visage s'assombrir. Plus tard, au dîner, il y fit allusion et Céline me jeta un regard noir, comme si elle me reprochait de l'avoir trahie.

— Je parie qu'elle s'est plainte en pleurnichant? grommela-t-elle. Te voilà devenu son chevalier à l'armure étincelante?

— Voyons, Céline. Elle n'a fait qu'en parler lorsque je lui ai exposé mes projets pour la réception. Je pensais que, le matin, nous décorerions ensemble la salle de jeux et...

— Vraiment, Sanford, que comptais-tu me demander? Grimper à l'échelle pour suspendre des ballons? demanda-t-elle avec mépris.

— Non, bien sûr que non. Mais je m'étais dit...

Il faiblissait, c'était visible.

— A aucun moment nous ne devons oublier à quoi nous nous sommes destinées, Janet. Pour atteindre notre objectif, il n'y a ni congés ni vacances qui tiennent. Rien.

Je craignis qu'elle ne me trouve ingrate.

— Je sais. Je ne me suis pas plainte.

Elle me fixa longuement d'un regard dur et empli de frustration que je ne pus soutenir; je baissai les yeux sur mon assiette.

— Je sais que tu es très jeune mais la danse exige que tu deviennes rapidement adulte, Janet, reprit-elle. Cela te rendra plus forte pour tout le reste, je te le promets.

Je relevai la tête et la vis sourire enfin.

— Regarde d'où tu viens et comme tu as vite progressé. Il y a peu de temps tu n'étais qu'une enfant perdue dans un orphelinat. Maintenant, tu as un nom et un talent. Tu vas devenir quelqu'un.

Ne me laisse pas tomber, dit-elle d'une voix suppliante qui me bouleversa.

— Oh, non, Mère !

Comment pouvait-elle craindre que *moi*, je *la* laisse tomber ?

— Bien. Bien. Alors, tout est arrangé. Nous travaillerons le matin et tu auras ton goûter. Mildred décorera la salle de jeux, ajouta-t-elle à l'intention de Sanford.

— Moi aussi, j'aimerais aider à la décoration.

— Oui, évidemment, fit-elle en lui jetant le regard scrutateur qu'elle me destinait parfois.

Céline se montra un professeur plus exigeant que Madame. Le samedi matin, je me rendais au studio lorsque Mildred me fit savoir qu'on me demandait au téléphone. L'une des filles de l'école, Betty Lowe, voulait bavarder au sujet de ma réception et des cinq garçons que j'avais invités. Selon elle, tout le monde à l'école savait que Josh Brown était amoureux de moi, et patati, et patata. La conversation dura plus longtemps que prévu et, quand je rejoignis Céline cinq minutes plus tard, elle était déjà fort énervée.

— Que t'ai-je dit à propos de l'exactitude et de son importance quand il s'agit de s'entraîner ? Je croyais que tu avais compris, jeta-t-elle dès que j'entrai.

— Je suis désolée mais...

Elle m'interrompit sèchement et m'envoya à la barre.

Malgré mes efforts, me concentrer fut quasiment impossible. Je ne pensais qu'au goûter, aux vêtements élégants que nous allions tous mettre, aux disques que nous passerions, au buffet que Sanford avait prévu. Après une telle réception, mes invités seraient bien obligés de m'admettre enfin dans leur clan. Impressionner Josh n'était pas difficile; néanmoins, au cas où, je mettrais ma plus belle robe.

La tête encombrée de ces pensées frivoles, je suivais tant bien que mal la routine des exercices. Céline s'approcha de moi et se mit à critiquer mon placement et mon tempo.

— Tu ne suis pas le rythme, dit-elle. Non, non, pas si vite. Écoute la musique. Tu t'es réceptionnée trop brutalement. Tu ne dois pas te poser comme un éléphant mais voler comme un papillon. Décrispe les genoux. Non... Stop! cria-t-elle en se couvrant la figure.

— Pardon, fis-je comme elle gardait le silence. Je fais de mon mieux.

— Non. Ton esprit est ailleurs. Je regrette que Sanford ait inventé cette histoire stupide de goûter, marmonna-t-elle avec une expression hargneuse qui me fit détourner les yeux. Bon, lâcha-t-elle enfin, nous reprendrons ça plus tard. Va te préparer pour tes invités. Quand une cause est perdue, je sais le reconnaître. Crois-moi, je le sais, répéta-t-elle d'un ton amer.

Je m'excusai encore et sortis dignement. Mais, à peine la porte franchie, je grimpai l'escalier quatre à quatre et courus dans ma chambre. Je voulais essayer une nouvelle coiffure et je n'avais pas encore décidé quelle robe je porterais. Il me fallait aussi polir mes ongles. Je n'avais pas fini de me pomponner lorsque Sanford monta me prévenir que les premiers invités venaient d'arriver et qu'il me fallait descendre les accueillir.

Des cadeaux étaient empilés comme sous un arbre de Noël. Mildred avait accroché au plafond des ballons d'où pendaient des rubans de différentes couleurs. Des décorations ornaient les fenêtres et les murs, et le buffet était impressionnant. J'entendis Mrs. Williams demander à la cantonade ce que Céline et Sanford imagineraient pour mon mariage.

Mon mariage? Deviendrais-je une danseuse célèbre et épouserais-je un autre danseur? Ou bien un homme d'affaires fortuné comme Sanford? A moins que je n'aille à l'université et que je n'y rencontre un charmant jeune homme. C'était comme si ma vie ici était la clef d'un coffre au trésor, empli de rêves qui pouvaient devenir réalités.

Mes grands-parents arrivèrent les derniers. Céline leur demanda où était Daniel, ce qui fit grimacer sa mère.

— Dieu seul le sait, gémit-elle. C'est pour cela que nous sommes en retard. Il était censé nous amener.

— Bon anniversaire! s'écria mon grand-père en me tendant un cadeau.

— Oui, bon anniversaire, répéta mollement sa femme.

Elle ne m'accorda qu'un bref regard avant d'entamer la conversation avec d'autres adultes. Mon grand-père se mit à parler avec Sanford et je retournai auprès de mes amis. Nous dansâmes, bûmes du punch sans alcool et mangeâmes. Josh resta à côté de moi la plupart du temps, sauf lorsque Billy Ross se précipita pour me faire danser.

Puis Mildred apporta un énorme gâteau dont je dus souffler les bougies et tout le monde entonna joyeusement *Happy Birthday*, tout le monde sauf ma grand-mère qui resta immobile, le visage figé dans une expression sinistre. Tandis que nous dégustions le gâteau, j'entrepris d'ouvrir les cadeaux et tous s'exclamèrent devant les beaux vêtements, le sèche-cheveux, les bijoux et les objets divers. Mes grands-parents m'avaient offert une paire de gants en cuir qui s'avérèrent deux fois trop grands.

La réception s'achevait, ce qui m'emplissait d'une vague tristesse, lorsque Josh me rappela que j'avais promis de lui montrer notre lac. Avant de sortir, je prévins Sanford. Le ciel était couvert et il faisait frais. J'enfilai la veste en cuir que Sanford et Céline venaient de m'offrir.

— Quelle grande maison! dit Josh. Elle est deux fois plus grande que la mienne. Et quel parc! Je pourrais y avoir mon propre terrain de base-ball, reprit-il. Tu as de la chance.

— Oui, j'ai de la chance.

Nous nous tenions au sommet de la colline et regardions le lac.

— Je suis content que tu sois venue dans notre école, déclara Josh. Sinon, je ne t'aurais sans doute jamais rencontrée.

— Non, sans doute pas, répondis-je en pensant à l'endroit d'où je venais.

Je faillis lui avouer la vérité. C'était un très gentil garçon, je l'avais constaté à maintes reprises. Je me retins cependant de peur qu'au seul mot d'*orpheline* il ne s'enfuie et prétende ne m'avoir jamais connue.

— Est-ce qu'on peut monter dans le bateau? demanda-t-il en désignant le canot amarré au ponton.

— Mon père ne veut pas que je monte dedans s'il n'y a pas de grande personne avec moi. Je ne sais pas nager.

— Vraiment? Comment ça se fait?

Je haussai les épaules.

— Je n'ai jamais appris.

Sourcils froncés, il me scruta avec curiosité. Puis il sourit.

— Alors, peut-être que c'est moi qui t'apprendrai, cet été. Si tu veux.

— Ça me plairait bien.

— Je ne t'ai pas donné de baiser d'anniversaire, déclara-t-il tout à coup.

Très émue, je restai sans bouger et il se pencha sur moi lentement. Je fermai les yeux et c'est là, sur le sommet de la colline, derrière ma nouvelle maison, que je reçus mon premier baiser sur les lèvres. Ce fut bref et maladroit, mais cela me parut le plus merveilleux baiser du monde, plus beau encore que ceux que j'avais pu voir au cinéma ou à la télévision. La petite sensation de chaleur qui s'ensuivit se drapa un instant autour de mon cœur avant de s'écouler dans le lac de mes souvenirs où elle demeurerait vivante à jamais.

— Janet!

Nous nous retournâmes et aperçûmes Sanford qui nous hélait.

— Le père de Josh est venu le chercher.

— D'accord.

Josh s'empara de ma main et, sans mot dire, nous prîmes le chemin du retour. Il ne me lâcha qu'à l'approche de la maison; son père me souhaita un bon anniversaire.

— A lundi, dit Josh.

J'aurais bien aimé l'embrasser sur la joue mais, l'air un peu gêné, il se hâta de monter dans la voiture. Il me fit au revoir de la main et c'est ainsi que s'acheva mon premier goûter d'anniversaire. J'éprouvais la même chose qu'à l'orphelinat, lorsqu'on nous servait un dessert inhabituel; chaque miette prenait alors un goût inimitable et je m'efforçais de faire durer le plaisir.

Je rentrai dans la maison. Mildred remettait tout en ordre sans avoir l'air de s'agacer du travail supplémentaire et, quand je lui proposai de l'aider, elle éclata de rire et me dit de ne pas m'inquiéter. J'allais monter dans ma chambre pour changer de robe lorsque j'entendis des voix dans la salle à manger. Mes grands-parents prenaient un café avec Céline.

Le moment me parut bien choisi pour faire plus ample connaissance mais, n'osant les interrompre, j'hésitai deux secondes devant la porte. La voix de ma grand-mère me parvint distinctement :

— Ce sera toujours une étrangère pour moi, Céline. Elle n'est pas de notre sang et le sang, c'est cela qui fait une famille.

— C'est ridicule, Mère, et de toute façon je ne me soucie pas de famille. Ce n'est pas seulement une fille que je veux. Tout le monde peut en avoir une. Ce que je veux, c'est une danseuse.

A ces mots, mon cœur se recroquevilla. Que voulait-elle dire ?

— Ce qui rend ta décision encore plus étrange. J'ai observé cette gamine durant le spectacle. Au nom du ciel, qu'est-ce qui a pu te faire croire qu'elle avait quelque talent ?

— Elle en a.

— Eh bien, elle le cache bien, dit ma grand-mère. Où est-elle, dailleurs ? Elle pourrait me montrer un peu plus de respect. J'ai quand même pris le temps de venir jusqu'ici.

Saisissant la réplique au vol, je fis mon entrée.

— Bonsoir, murmurai-je, l'estomac noué à cause des propos étranges de Céline. Merci, grand-mère et grand-père, de votre cadeau.

Mon grand-père hocha la tête avec un sourire affectueux tandis que ma grand-mère retroussait furtivement le coin des lèvres.

— Il faut que nous partions, lança-t-elle aussitôt en se levant. Ton frère est un souci constant pour moi. J'ai bien peur qu'un de ces jours il ne finisse par épouser l'une de ces pouffiasses et ne nous fasse honte à tous.

— C'est votre faute, répliqua Céline. Vous l'avez trop gâté.

— Pas moi. C'est ton père qui n'a cessé de le gâter.

— Il s'en tirera, dit Sanford. Il jette sa gourme, c'est tout.

— Ah bon ? grommela ma grand-mère. Eh bien, quand penses-tu qu'il aura enfin tout jeté ?

Sanford rit et se leva pour les raccompagner. Mon grand-père me tapota la tête au passage en marmonnant :

— Je te souhaite beaucoup de joyeux anniversaires.

Je restai avec Céline qui avait pris un air boudeur.

— Où étais-tu passée ?

— J'ai emmené Josh voir le lac.

Elle contourna la table pour me rejoindre.

— Il faut que tu sois prudente avec les garçons.

Je souris du haut de mes treize ans.

— Je sais ce que tu imagines. Tu crois que tu as tout le temps avant d'en arriver aux histoires d'amour. Mais, crois-moi, c'est faux. Ça t'arrivera plus vite que tu ne penses. Mais n'oublie pas que tu n'es pas comme les autres. Je ne veux pas que des amourettes stupides transforment ton cerveau en gélatine. Ce genre d'aventures distraient l'attention et tu as vu ce matin comme on travaille mal lorsqu'on pense à autre chose.

Elle fit rouler son fauteuil plus près de moi et plongea ses yeux dans les miens.

— La sexualité pompe toute l'énergie créative, Janet, expliqua-t-elle. Lorsque j'ai senti que mon talent était sur le point d'atteindre son niveau le plus haut, j'ai supprimé tout rapport sexuel avec Sanford. Pendant longtemps, nous avons même fait chambre à part.

Je ne répondis rien, ne bougeai pas et m'interdis même de cligner des yeux.

— Dieu sait que de nombreux garçons m'ont courtisée, surtout quand j'avais ton âge, reprit-elle. Mais je n'avais pas de temps à perdre avec des béguins de collégienne. Toi non plus, tu n'en auras pas le temps, alors ne les encourage pas.

Elle fit demi-tour et se dirigea vers la porte.

— Demain, jeta-t-elle à mi-chemin, nous rattraperons le temps perdu aujourd'hui.

Elle sortit, me laissant sans voix. « Rattraper le temps perdu aujourd'hui » ? A l'en croire, mon anniversaire et le goûter donné à cette occasion avaient causé de graves dégâts.

J'avais une grand-mère qui ne voulait pas de moi et une mère qui ne cherchait en moi que la danseuse qu'elle ne pouvait plus être.

« Non, Josh, pensai-je, je n'ai peut-être pas autant de chance que tu l'imagines. »

Dehors, les nuages s'étaient accumulés. La pluie se mit à tomber et les gouttes qui frappaient la vitre me firent penser à de grosses larmes s'écoulant du ciel.

Danser le week-end fit désormais partie de la routine. A plusieurs reprises, Sanford tenta d'organiser des sorties familiales : promenades d'une journée, courses dans les grands magasins, séances au cinéma ou simplement un petit tour en voiture suivi d'un dîner au restaurant. Non seulement Céline rejetait systématiquement ses suggestions mais, très vite, le seul fait qu'il ait osé les émettre la mit en colère.

Mon goûter d'anniversaire déclencha quelques invitations chez d'autres filles de l'école et, un soir, Betty Lowe me proposa une « soirée pyjama ». Céline trouva chaque fois une bonne raison pour refuser, la première étant que je ne dormirais pas suffisamment, serais fatiguée le lendemain et commencerais mon entraînement avec retard et peu d'énergie.

— De nos jours, les parents ne surveillent guère leurs enfants, ajoutait-elle. Dieu sait comment vous serez chaperonnées et je sais ce qui arrive dans ces petites fêtes entre filles. Il y a toujours quelques garçons qui arrivent à se faufiler et alors... il arrive ce qui doit arriver. Non que j'aie jamais accepté ce genre d'invitations... J'étais trop maligne pour me laisser distraire de mon objectif.

J'essayai d'expliquer ma situation à mes nouveaux amis mais, une demi-douzaine d'invitations ayant été refusées, il n'en vint plus et le fossé entre mes camarades et moi se creusa un peu plus. Même Josh se lassait de ne pouvoir être seul avec moi. Un samedi, grâce à Sanford qui avait persuadé Céline de me laisser l'accompagner à l'usine après ma leçon de danse, je pus retrouver Josh devant le stand d'un marchand de glaces. Sanford eut la gentillesse de m'y « oublier » deux heures avant de revenir me chercher.

— Tu ferais mieux de ne pas en parler à Céline, me dit Sanford. Ce n'est pas que nous tenions à lui cacher des choses mais je crains qu'elle ne s'inquiète. Tu sais comme elle est.

Je fis oui de la tête. Son conseil était inutile ; pour rien au monde, je n'aurais avoué à Céline cette infraction au règlement.

Je fis de mon mieux pour expliquer ma situation à Josh mais il ne put comprendre pour quelle raison la danse m'interdisait de mener la vie des autres enfants. La crise survint lorsqu'il m'invita très protocolairement à l'accompagner au cinéma. Son père nous y conduirait en voiture et viendrait nous reprendre. Sanford dit oui mais Céline refusa catégoriquement et ce fut l'occasion de leur dispute la plus grave depuis mon arrivée.

— Cette fois-ci, il ne s'agit que d'une soirée au cinéma, suivie d'une glace. Une glace pleine de sucre et de crème dont elle n'a nul besoin. Demain, ce sera la journée du samedi et toute la nuit. Ensuite, elle voudra partir en week-end avec des gamines au cerveau vide et dotées de deux pieds gauches.

— Elle n'a que treize ans, Céline.

— L'année de mes treize ans, mon nom a figuré sur douze programmes et j'ai dansé dans *La Belle au bois dormant*, au théâtre d'Albany. Tu as vu les coupures de presse.

— C'était toi. Janet, c'est Janet.

— Janet jouit maintenant de facilités qu'elle n'aurait jamais eues, Sanford. Ce serait un péché que de faire quoi que ce soit qui puisse les gâcher.

— Mais...

— Tu n'as donc pas assez nui à la danse classique comme ça ? finit-elle par hurler.

Lorsque Sanford vint me voir ce soir-là, je sus tout de suite quelle décision avait été prise.

— Je suis désolé, dit-il. Céline trouve que tu es trop jeune pour ce genre de choses.

Il gardait la tête baissée et les yeux fixés sur le sol.

— Je vais réfléchir à ce que nous pourrions bientôt faire d'agréable tous les deux.

Le visage de Josh blêmit lorsque je lui annonçai que je ne pourrais pas sortir avec lui le vendredi suivant. Je tentai de lui expliquer mais il m'interrompit en secouant la tête.

— Qu'est-ce qui se passe ? Tes parents ne me trouvent pas assez riche ? s'écria-t-il avant de tourner les talons.

J'avais l'impression de rejoindre Céline dans son monde obscur peuplé de fantômes. L'une de mes camarades de classe chantonnait à mon approche : « Janet, la bosseuse, n'est qu'une raseuse. » Le monde qui s'était un jour ouvert au soleil redevint gris et maussade. Que le temps se maintienne au beau fixe n'empêchait pas mon ciel de s'obscurcir. Ma morosité affecta peu à peu ma façon de danser. Madame se mit à m'examiner d'un air soupçonneux. Céline m'avait fait jurer de ne pas lui parler de nos leçons du week-end mais mon professeur était trop perspicace pour ne pas suspecter quelque chose.

— Est-ce que tu te reposes convenablement ? me demanda-t-elle un jour.

Je jetai un coup d'œil sur Céline qui nous observait de son coin habituel. Madame suivit mon regard.

— Céline, dis-moi la vérité : est-ce que tu fais travailler cette élève sept jours sur sept ?

— Il m'arrive de profiter du dimanche pour lui faire reprendre un exercice ou deux, Madame. Elle est jeune et...

— Je veux qu'elle dispose d'au moins vingt-quatre heures complètes de repos. Ses muscles ont besoin de se refaire. Le surmenage ne peut que leur nuire. Toi, plus que quiconque, tu devrais le savoir, insista-t-elle. Veille à ce qu'elle dispose du temps de repos nécessaire.

Céline promit mais ne tint jamais sa promesse et, si j'y faisais allusion, elle se mettait en colère avant de sombrer dans une sorte de dépression qui la faisait se réfugier dans un coin sombre de la maison et fixer des portraits d'elle autrefois. Parfois, elle lisait et relisait un programme de ballet et je la retrouvais endormie dans son fauteuil, les doigts crispés sur la brochure. Ce qui m'ôtait le courage de m'opposer sérieusement à ses désirs.

Je m'efforçais de faire des progrès, d'être plus alerte, de mieux suivre le tempo. A présent que plus aucun camarade ne me téléphonait, j'avais le temps d'apprendre mes leçons et de me coucher de bonne heure. J'en vins même à suivre les conseils de Céline et prétendis un nombre incalculable de fois souffrir de maux de ventre incompatibles avec le sport. Il me fallait conserver chaque parcelle d'énergie. Je redoutais par-dessus tout de me sentir fatiguée ou simplement un peu molle.

L'été approchait et, avec lui, la promesse de suivre les cours d'une prestigieuse école de danse. Les places étaient chères mais pas seulement sur le plan financier. Seul un examen en ouvrait les portes ; Céline décida de m'y préparer et ce fut sa nouvelle obsession. Madame accepta de nous aider. Selon elle, c'était une bonne idée que j'aille travailler deux mois dans cette école pendant qu'elle-même allait, comme chaque année, passer ses vacances en Europe. Mes leçons furent désormais consacrées à la révision des notions de base. Dimitri espaça ses visites. Il avait déjà été accepté dans une école de danse de New York et se préparait de son côté.

Pour passer l'examen, nous devions nous rendre à Bennington, dans le Vermont. J'étais très excitée car la perspective de ces huit semaines dans cette nouvelle école me plaisait beaucoup. La lecture de l'emploi du temps m'avait appris que je jouirais de beaucoup plus de repos et de récréation qu'à la maison. Bien sûr, où que j'aille, j'aurais davantage de temps libre. A la fin de la brochure, on pouvait lire des lettres d'anciens élèves dont beaucoup décrivaient des loisirs dont ils gardaient un bon souvenir : chants autour d'un feu de camp, soirées dansantes le week-end et promenades en bus pour visiter des musées et des sites historiques. Tout ne tournait pas autour de la danse. La philosophie de l'école était qu'une personnalité plus épanouie faisait un artiste plus complet. Y passer l'été était très onéreux et cela me surprenait que tant de gens rivalisent pour dépenser autant d'argent.

Lors de ma dernière leçon, Madame me fit exécuter les mouvements qui, selon elle, feraient partie de l'examen. Elle recula auprès de Céline et tenta d'adopter l'état d'esprit d'un examinateur objectif. A la fin, Céline et elle discutèrent à voix basse puis Madame sourit.

— Je t'accepterais dans mon école, Janet, dit-elle. Tu as fait d'énormes progrès et tu as atteint une qualité d'exécution qui justifie l'investissement de plus de temps et d'efforts.

Céline rayonna.

Je fus très heureuse car une part de moi, une bonne part, désirait s'éloigner quelque temps et ne plus se sentir coupable de chaque erreur commise. Avant de partir, Madame recommanda à Céline de ne pas m'épuiser.

— Elle est fragile. Nous l'avons amenée loin, trop loin peut-être, mais elle y est parvenue. Laissons-la maintenant se développer à son rythme naturel.... Sinon, ajouta-t-elle en me regardant, nous anéantirons ce que nous avons créé.

— Ne vous inquiétez pas, Madame, je la soignerai autant que je me soignais, sinon plus.

Malgré les jours pénibles et les leçons ardues, malgré son regard critique et ses commentaires souvent acerbes, j'en étais venue à apprécier et à respecter Madame. J'étais même un peu effrayée de me retrouver sans sa surveillance, mais elle m'assura que les professeurs de l'école étaient excellents.

— Nous nous reverrons en septembre, promit-elle avant de s'en aller.

— Je le savais, déclara Céline dès que nous fûmes seules. Je savais qu'elle finirait par te voir comme je te vois. Nous devons continuer à nous préparer. C'est merveilleux, merveilleux.

Durant les jours suivants, elle se montra aussi enthousiaste que lors de mon arrivée chez elle.

Sanford, lui, paraissait moins euphorique. Des problèmes à l'usine lui prenaient de plus en plus de temps et il ne cessait de s'en excuser auprès de moi. Il avait l'air de s'inquiéter de me laisser aussi souvent seule avec Céline. Celle-ci ne s'intéressait aucunement à l'usine et interrompait son mari dès qu'il faisait mine d'aborder le sujet. Mon examen l'obsédait au point qu'elle ne pensait plus qu'à ça.

Et voilà qu'une semaine avant l'examen une crise familiale se déclencha. Daniel s'était enfui et avait épousé une femme enceinte de ses œuvres. Mes grands-parents étaient anéantis. Un conseil de famille se tint chez nous. Je n'y fus pas conviée mais tout le monde parlait si fort qu'il aurait fallu être sourde pour ne rien entendre.

— Mes deux enfants ne font que ce qui leur passe par la tête, tempêtait ma grand-mère. Ni l'un ni l'autre ne se soucient de notre nom.

Les autres tentèrent de la calmer, en vain. Puis ils parlèrent de la femme de Daniel et du milieu très modeste dont elle était issue.

— Quelle sorte d'enfant peut faire ce genre de femme? demanda ma grand-mère. Il faut les déshériter. Tous les trois.

Que deviendrait alors le bébé? Deviendrait-il un orphelin comme moi?

A la discussion succédèrent des sanglots. Peu après, mes grands-parents émergèrent du salon; les yeux rouges et le visage barbouillé de maquillage, ma grand-mère avait l'air hagarde. Elle me regarda puis tourna les talons et quitta précipitamment la maison.

Au début du dîner, ce soir-là, Daniel fit les frais de la conversation jusqu'à ce que Céline s'écrie sèchement :

— Je ne veux plus entendre son nom de la semaine. Rien ne doit nous distraire de notre objectif, Sanford. Oublions-le.

— Mais tes parents...

— Ils s'en remettront, l'interrompit-elle avant de m'exposer ce que nous devions améliorer encore dans ma prestation.

Le jour J arriva enfin. Des cauchemars hantèrent ma nuit; soit je tombais au milieu d'un exercice, soit le vertige s'emparait de moi et me faisait rater une pirouette. Les têtes des examinateurs s'agitaient avec mépris et Céline se recroquevillait dans son fauteuil.

Le réveil sonna. A peine eus-je bougé les jambes qu'un élancement me parcourut le ventre. C'était comme si un poing s'était refermé à l'intérieur de moi tandis qu'une violente douleur me vrillait les reins. Mes yeux s'emplirent de larmes. Je m'efforçai de respirer à fond. La sensation étrange d'un liquide chaud qui coulait entre mes cuisses me fit frissonner de peur. J'y portai la main et examinai mes doigts. A la vue du sang qui les poissait, je me mis à pleurer.

— Non, pas maintenant, pas aujourd'hui, suppliai-je en vain.

Je voulus me lever mais mes jambes se dérobèrent et je me retrouvai à quatre pattes, le souffle coupé, l'estomac nauséeux. Je me recouchai, dans la position du fœtus, et tentai de reprendre mon souffle. C'est à ce moment-là que la porte s'ouvrit et que Céline surgit, vibrante d'enthousiasme.

— Debout! Debout là-dedans. C'est aujourd'hui le grand jour. Debout...

Elle s'interrompit et me regarda fixement, les mains crispées sur les roues de son fauteuil.

— Eh bien, qu'est-ce que tu fabriques, Janet?

— J'ai... j'ai mes règles, Mère. Je me suis réveillée et j'ai vu que je saignais. J'ai très mal au ventre et au dos. A la tête aussi. Dès que je me redresse, j'ai l'impression que je vais vomir.

— Pourquoi n'as-tu pas mis les serviettes que je t'ai achetées? Tu dois toujours prévoir ça. Je te l'ai dit, insista-t-elle.

— Non, vous ne m'avez jamais dit de les mettre à tout hasard.

— En voilà une histoire, c'est ridicule! Lève-toi. Va te laver et habille-toi. Je dirai à Mildred de changer tes draps. Allez, debout! cria-t-elle.

J'entendis Sanford grimper l'escalier quatre à quatre.

— Qu'y a-t-il, Céline? Pourquoi cries-tu? Que se passe-t-il?

Il débuula dans la chambre et courut à mon chevet.

— Janet!

— Ce n'est rien. Elle a ses règles, c'est tout.

— Ça fait très mal, murmurai-je dans un gémissement.

— Ne sois pas ridicule, protesta Céline.

— Si elle dit que ça fait mal, Céline... commença Sanford.

— Bien sûr que ça fait mal, Sanford. Ce n'est jamais agréable mais il n'y a pas de quoi en faire une montagne.

— Je ne sais pas. J'ai entendu parler de jeunes filles que cela rendait vraiment malades. Ma sœur a dû être ramenée de l'école. Je me souviens...

— Ta sœur n'est qu'une cruche, coupa Céline. Elle se rapprocha de mon lit et me fusilla du regard.

— Lève-toi immédiatement, ordonna-t-elle.

Je me redressai tant bien que mal puis, prenant appui sur le lit, commençai à me lever. Sanford se précipita pour m'aider.

— Tu vas salir le tapis. Cours dans la salle de bains. Tu n'as donc aucune fierté? hurla Céline.

— Arrête de lui crier dessus, protesta Sanford.

Il m'aida à gagner la salle de bains et m'y laissa.

Je me nettoyai et cherchai les serviettes hygiéniques. Le souffle me manquant, je dus m'asseoir un instant. La douleur s'était accrue.

— Mais qu'est-ce que tu fais là-dedans ? cria Céline.

Je m'accrochai au lavabo et me remis debout. Chaque pas déclenchait des élancements. J'ouvris la porte et la regardai.

— Ça fait vraiment très mal.

— Ça va s'atténuer. Habille-toi. Nous partons dans une heure, dit-elle en quittant la pièce.

Je sortis de la salle de bains. Les élancements me labouraient le ventre. Je tentai de préparer mes affaires, de sortir ma robe et mes chaussures de la penderie mais la douleur ne faisait qu'empirer. La seule position qui me soulagea quelque peu fut de me coucher sur le côté en remontant les genoux.

Comment serais-je capable de danser ? Comment exécuter ces bonds et ces virevoltes ? Rien qu'à l'idée de me hisser sur les pointes, mon ventre et mon dos protestaient violemment et des battements furieux m'enserraient les tempes.

— Mais qu'est-ce que tu fabriques ? glapit la voix de Céline du seuil de ma chambre. Pourquoi ne t'es-tu pas habillée ?

Mains serrées sur le ventre, le souffle court, je gardai le silence.

— Janet !

— Que se passe-t-il maintenant ? demanda Sanford.

— Elle ne s'est même pas habillée. Regarde-la !

— Janet ? demanda-t-il. Ça ne va pas ?

— Non, fis-je dans un gémissement. Chaque fois que j'essaie de me lever, ça fait très mal.

— Elle ne peut pas y aller aujourd'hui, Céline. Il faut que tu repousses sa convocation.

— Tu es fou? On ne peut pas la repousser. Il y a tellement de candidates. Ils auront choisi leur quota avant qu'elle ait pu se présenter. Il faut y aller maintenant, insista Céline.

— Mais elle ne tient pas debout.

— Bien sûr que si. Lève-toi, ordonna Céline.

Elle s'approcha du lit. Sanford tendit les mains pour la retenir.

— Céline, je t'en prie.

— Debout, debout, espèce d'orpheline ingrate! hurla-t-elle à tue-tête.

Il me fallait absolument faire un nouvel effort. Je me relevai et posai les pieds sur le sol. Le regard inquiet de Sanford ne me quittait pas. A peine mon corps fut-il redressé qu'un élancement me traversa le ventre et remonta dans la poitrine. En pleurant, je me repliai et retombai sur le lit.

— Debout! hurla Céline.

Sanford s'empara du fauteuil et lui fit faire demi-tour.

— Arrête! cria-t-elle. Il faut qu'elle y aille. Arrête, Sanford. Arrête tout de suite.

— Elle a sans doute besoin d'un médicament. Je vais l'emmener chez le médecin, répondit-il en la poussant résolument vers le couloir.

— C'est ridicule. Tu n'es qu'un imbécile. Elle ne sera jamais prise dans cette école. Janet!

Ses cris retentirent dans toute la maison.

Restée seule, je me recroquevillai de peur et fermai les yeux pour m'isoler du monde. Un bourdonnement emplit mes oreilles et je sombrai dans une obscurité bienfaisante d'où étaient absentes douleur et anxiété.

Je volais. Mes bras étaient devenus des ailes fines comme du papier de soie. Je traversais un espace obscur au bout duquel m'attendait le grand jour. Sans effort, avec délices et aisance, je glissais et virevoltais, plongeais et m'élevais, les ailes palpitant de ma liberté toute neuve.

Puis je passai entre deux miroirs et me regardai. Curieusement, j'étais bel et bien devenue un papillon.

❧ 12 ❧

— Qu'est-ce qu'elle a? fit une voix si lointaine que je ne parvins pas à la reconnaître.

— Tous les signes vitaux sont bons. C'est une sorte de crise d'anxiété, Sanford.

— C'est ridicule, jeta une troisième voix tandis que les ténèbres commençaient à se dissiper autour de moi. Elle n'a aucune raison d'être anxieuse. Elle est plus gâtée que la plupart des filles de son âge.

— Il y a des tas de choses de son passé que nous ignorons, Céline. Des choses qui peuplent son subconscient. Le choc psychologique causé par ses premières règles a pu les réveiller brutalement.

— Avez-vous jamais entendu quelque chose d'aussi grotesque? Je vous en prie, docteur, insista Céline, donnez-lui quelque chose.

— Il n'y a rien à lui donner, sinon du repos et beaucoup de tendresse, Céline.

— Et que croyez-vous que je lui donne?

— Céline, gronda Sanford dans la demi-obscurité d'où j'émergeais péniblement.

— A vous entendre, on dirait que nous avons torturé cette enfant.

La lumière se fit plus vive. Mes paupières frémirent.

— Elle se réveille.

J'ouvris les yeux avec difficulté et reconnus le visage du Dr Franklin.

— Bonjour, mon petit, dit-il en souriant. Comment te sens-tu ?

Je me sentais perdue. Je refermai les yeux, tentai de réfléchir puis regardai à nouveau autour de moi. J'étais toujours dans ma chambre. Céline était au pied de mon lit et Sanford se tenait à côté d'elle, les mains sur le dossier de son fauteuil.

— Est-ce que tu peux t'asseoir ? demanda le médecin.

Je fis oui de la tête et me redressai doucement. La tête me tourna mais cela ne dura pas longtemps. Une douleur sourde continuait à me fouailler les reins et le ventre. La pendule indiquait le milieu de l'après-midi.

— Voilà. Une journée de repos et tout ira bien, dit le médecin. Le pire est passé.

— Ah, vraiment ? fit Céline.

Elle secoua la tête en me fusillant du regard.

Le médecin referma sa sacoche et quitta la pièce accompagné de Sanford. Céline se rapprocha un peu plus.

— Je ne sais pas ce qui m'est arrivé, Mère. Je vais m'habiller.

— T'habiller ? s'esclaffa-t-elle d'un rire aigu qui m'effraya. Pour quoi faire ? C'est fini. Tes chances d'entrer dans cette école sont épuisées. Nous avons raté l'examen.

— On ne peut pas le remettre à un autre jour ?

Ma gorge était si sèche que parler était douloureux. Les yeux de Céline devinrent de petites fentes minuscules où brillait une lueur inquiétante.

— Non. C'est inutile, dit-elle. Ils ont fait passer des douzaines de filles et toutes les places ont été distribuées, à présent.

— Je suis désolée.

— Moi aussi. Tout ce travail, ces heures et ces heures de leçon, les meilleurs chaussons, le meilleur professeur qu'on puisse trouver...

Secouant la tête d'un air écœuré, elle fit demi-tour et quitta la pièce.

Je sortis du lit et me dirigeai vers la salle de bains. Mes chevilles oscillèrent comme si je marchais sur un tapis de bulles puis se raffermirent. Encore un peu faible, je m'aspergeai le visage d'eau froide et me coiffai. Je finissais de m'habiller lorsque Mildred entra dans ma chambre.

— Mr. Delorice demande si tu as faim. Je vais t'apporter quelque chose.

— Non, je vais descendre. Merci, Mildred.

— Je vais te préparer une bonne soupe chaude et des toasts au fromage. Il faut te forcer à manger un peu, ça te fera du bien.

— Merci beaucoup, Mildred.

En passant dans le couloir, je m'arrêtai devant la porte ouverte de Céline et risquai un coup d'œil. Elle était couchée dans son lit, les mains jointes sur le ventre, les yeux fixés au plafond.

— Ça va mieux, dis-je.

Elle ne répondit pas.

— Vous vous sentez bien, Mère ?

Elle ferma les yeux. Mon cœur se serra. Fallait-il qu'elle soit fâchée pour prétendre ne pas m'avoir entendue... Je me hâtai de descendre. Sanford téléphonait dans son bureau. D'un geste de la main, il me fit signe qu'il allait me rejoindre. J'allai m'asseoir à la salle à manger où Mildred m'apporta ma soupe et mes sandwiches.

— Céline est très fâchée contre moi? demandai-je dès que Sanford entra.

— Non, non. Elle est déçue mais, demain matin, ça ira mieux. C'est toujours comme ça quand elle n'obtient pas ce qu'elle veut. Et toi, comment vas-tu? demanda-t-il en me caressant les cheveux.

— Ça va mieux. J'ai l'impression d'avoir escaladé une montagne et couru des kilomètres.

Ma réponse le fit sourire.

— On a raison de dire que les hommes ont la vie plus facile... Je vais jeter un œil sur Céline, ajouta-t-il en ressortant.

Lorsqu'il descendit, il avait l'air inquiet. Il m'adressa un bref sourire destiné à me rassurer et m'annonça qu'il devait faire un saut à l'usine.

— Céline se repose. Essaie de ne pas la déranger.

Je remontai au premier étage dans l'espoir d'apercevoir Céline de loin mais sa porte était fermée. Elle le resta jusqu'à la fin de la journée et de la soirée. Je regardai la télévision, lus et allai me coucher avant que Sanford ne rentre.

Le lendemain matin, je me sentis beaucoup mieux. Malgré les rideaux, la chambre était inondée de soleil. Pour me mettre à l'unisson avec le temps, j'enfilai un chemisier jaune, une jupe blanche et les espadrilles bleu ciel que Sanford et Céline m'avaient offertes dès ma première semaine chez eux. Les cheveux retenus en queue-de-cheval, je sortis dans le couloir. La porte de Céline était toujours fermée. Sanford devait m'attendre dans la salle à manger en lisant son journal, ainsi qu'il le faisait presque tous les matins.

Non. La salle à manger était déserte. Mildred sor-

tit de la cuisine et m'annonça que Sanford s'était
levé très tôt et était déjà parti.

— Et ma mère?

— Je lui ai apporté son petit déjeuner mais elle
n'a pas eu l'air de s'y intéresser. Déjà, hier soir,
elle n'a presque pas touché à son dîner. Et c'est à
peine si elle parle... A mon avis, elle est malade.

— Sanford est peut-être allé chercher le médecin.

— Non, ce n'est pas ça, dit Mildred en pinçant
les lèvres d'une manière qui laissait entendre qu'elle
en savait plus. Ce n'est pas chez le médecin qu'il est
allé.

— Que se passe-t-il, Mildred? Il y a quelque
chose qui ne va pas?

— Je ne sais pas exactement. Ce matin,
Mr. Delorice avait l'air très inquiet pour ses
affaires... Mais ce n'est pas que j'écoute aux portes
quand il téléphone, ajouta-t-elle précipitamment.

— Je sais bien que non, Mildred. Mais, s'il te
plaît, dis-moi ce que tu sais.

— Il s'est passé quelque chose de grave à l'usine
cette semaine mais je ne sais pas quoi. Je sais seulement que ça le tracasse beaucoup. Bon, je t'apporte
ton petit déjeuner.

— Je vais d'abord jeter un coup d'œil sur ma
mère.

Je montai en courant l'escalier et frappai à la
porte de Céline. Elle ne répondit pas. J'attendis un
moment puis ouvris doucement.

Céline était assise dans son fauteuil, face à la
fenêtre. Toujours en chemise de nuit. Ni coiffée ni
maquillée. Le visage défait.

— Mère?

Parfaitement immobile, elle regardait fixement la
fenêtre. J'élevai la voix.

— Ça va bien, Mère?

Soudain, elle se mit à rire. Cela commença par un grondement sourd dans sa gorge, puis une grimace déforma son visage et le rire prit de l'ampleur. Des larmes jaillirent de ses yeux. Ses épaules se mirent à tressauter. Elle empoigna brusquement les roues de son fauteuil et le fit rouler d'avant en arrière, d'arrière en avant, et ainsi de suite jusqu'à ce qu'il aille ricocher contre le mur.

— Mère, qu'est-ce que vous faites? Pourquoi faites-vous ça?

Elle riait à perdre haleine, sans s'arrêter.

Terrorisée, je reculai sur le seuil.

— Stop! criai-je. Je vous en prie, arrêtez!

Avec un rire de plus en plus strident, elle continuait à se projeter violemment sur le mur.

— Mère! Arrêtez!

Voyant que rien ne la faisait cesser, je sortis de la chambre en courant et butai sur Sanford qui déboulait sur le palier.

— Céline ne va pas bien! criai-je. Elle rit, elle rit, elle rit et jette son fauteuil contre le mur.

— Quoi? Oh non!

Il se rua dans la chambre. Je l'entendis la supplier de s'arrêter. Le rire se mua en hurlements spasmodiques. Terrifiée, je me bouchai les oreilles. Mildred apparut au pied de l'escalier.

— Que se passe-t-il, Janet?

— C'est Céline. Elle n'arrête pas de rire.

— Oh non! gémit-elle en secouant la tête d'un air accablé. Elle a déjà fait ça.

Elle secoua à nouveau la tête et s'éloigna.

Je restai sur le palier et attendis. Mon cœur battait si fort que j'avais l'impression que ma poitrine allait s'ouvrir en deux.

Le rire finit par se calmer. Sanford referma la

porte de la chambre et il ne me resta plus qu'à descendre à la salle à manger. Mildred m'apporta un jus de fruits, des toasts et des œufs mais je ne pus rien avaler. Peu après, on sonna à la porte ; Mildred accueillit le Dr Franklin qui se hâta dans l'escalier. Je voulus le suivre, mais butai à nouveau sur une porte fermée.

Le médecin resta longtemps dans la chambre de Céline. J'attendis dans le vestibule puis sortis m'asseoir sous les saules pleureurs. C'était une belle journée, avec juste quelques légers nuages aux couleurs tendres de-ci de-là. Des oiseaux chantaient en voletant au-dessus de ma tête. Un écureuil s'arrêta pour m'examiner et ne s'effraya pas lorsque je lui dis bonjour. Puis il reprit sa randonnée d'arbre en arbre. Comment mon cœur pouvait-il être aussi triste alors que la nature tout entière se réjouissait ?

La porte d'entrée s'ouvrit enfin, laissant voir Sanford et le Dr Franklin qui discutèrent un moment sur le seuil. Ils se serrèrent la main et le médecin descendit le perron à pas lents. Je me levai, ce qui attira son attention.

— Comment te sens-tu ? demanda-t-il.

— Bien. Et ma mère ?

— Sanford va t'expliquer, répondit-il évasivement avant de monter dans sa voiture.

Je la suivis des yeux jusqu'à ce qu'elle disparaisse au bout de l'allée puis rentrai dans la maison. Sanford était de nouveau en train de téléphoner dans son bureau. Il leva la main à mon intention puis me tourna le dos pour poursuivre sa conversation. Où aller maintenant ? Auprès de qui ? Je me sentais complètement perdue. Je n'étais plus qu'une étrangère, une intruse. La porte de la chambre de Céline restait obstinément fermée. J'errai de pièce en pièce, m'arrêtai quelques minutes dans le studio puis montai dans ma chambre et m'assis sur le lit. Une éternité s'écoula avant que Sanford me rejoigne.

— Pardonne-moi, dit-il. J'ai un problème à l'usine. Un de mes contremaîtres a essayé de m'escroquer mais, heureusement, je m'en suis aperçu à temps, sinon j'aurais fait faillite. Du coup, j'ai eu des tas de choses à régler avec mon directeur financier et le chef comptable, ainsi qu'avec le procureur, et l'affaire est loin d'être terminée. Et par-dessus le marché... eh bien, comme tu l'as vu, Céline ne va pas bien.

— Qu'est-ce qu'elle a? demandai-je, les larmes aux yeux. C'est ma faute?

— Non, non, protesta-t-il.

Il me dévisagea un instant puis inspira un grand coup.

— C'est ma faute à moi, commença-t-il. C'est moi qui l'ai condamnée à vivre dans ce fauteuil, pas toi. Je l'ai dépouillée de ce qui comptait le plus pour elle, de sa raison de vivre. Depuis, nous n'avons fait que survivre, plutôt mal que bien. Et puis, un jour, elle a eu l'idée d'adopter quelqu'un comme toi. J'ai cru que c'était notre salut — mon salut, devrais-je dire... Je me suis trompé, ajouta-t-il en allant se camper devant la fenêtre. J'aurais dû deviner ce que cela impliquait pour toi, pour n'importe qui dans ta position. Ce n'était pas juste.

— Ça ne m'a pas gênée. C'était dur mais...

— C'était cruel, corrigea-t-il en se tournant vers moi. Tout simplement cruel. Ton enfance a été ignorée, méprisée, sacrifiée dans la vaine tentative d'accomplir un rêve. Tu ne peux pas être telle que Céline le veut.... tu ne peux pas lui rendre ses jambes, sa carrière, ses espoirs. Personne ne le peut, pas même la danseuse la plus talentueuse. Elle a essayé de vivre à travers toi et, je l'avoue à ma grande honte, je ne m'y suis pas opposé parce qu'après des années de remords cela m'apportait un peu de paix et de soulagement. En quelque sorte, Janet, je t'ai exploitée. Pardonne-moi.

— Je ne comprends pas.

— Je sais. C'est trop demander à une enfant de ton âge. C'est injuste de t'accabler ainsi. Cette famille a sur les épaules plus de fardeaux qu'on ne peut imaginer... De toute façon, enchaîna-t-il en croisant les mains dans le dos, je ne peux plus ignorer les graves problèmes de santé de Céline. Il va lui falloir l'aide de professionnels, médecins, infirmières et je ne sais qui encore. Ce sera un long et pénible voyage, peut-être sans issue. Je regrette d'avoir permis qu'on te mêle à tout ça.. Tu es encore assez jeune pour espérer une nouvelle chance, une meilleure chance d'une existence heureuse et saine.

Mon cœur cessa brièvement de battre.

— Que voulez-vous dire?

— Je ne peux pas à la fois veiller sur Céline et t'offrir la vie normale que tu mérites. Il vaut mieux pour tout le monde que tu puisses saisir une autre occasion.

— Une autre occasion?

Je n'en croyais pas mes oreilles.

— La vie ici ne serait pas agréable pour toi, Janet, et je crains qu'en te voyant Céline ne puisse pas guérir. Cela lui rappellerait jour après jour ce nouvel échec. Même si, moi, je trouve qu'il n'y a pas eu d'échec. Je trouve qu'au contraire tu t'en es très bien tirée et, dans n'importe quelle famille normale, on serait fier de toi. Je suis fier de toi. C'est vrai. Mais j'ai peur pour toi.

Il marqua une pause puis reprit en regardant à nouveau par la fenêtre :

— A vrai dire, j'ai peur pour moi aussi.

Il se retourna et sourit. Un sourire destiné à nous insuffler du courage à tous les deux.

— Te perdre m'est très pénible. Tu es une délicieuse petite jeune fille et c'est un plaisir de vivre avec toi. Après ton départ, cette maison ne sera plus la même. Il faut que tu saches que tu comptes beaucoup pour moi, Janet. Tu as éclairé ma vie, notre famille, notre maison. Maintenant, c'est à moi d'apporter un peu de lumière dans ta vie.

— Vous me renvoyez? balbutiai-je en refoulant mes larmes.

— Je n'en ai aucune envie mais il le faut. Je dois consacrer tout mon temps à Céline afin qu'elle guérisse, si c'est possible. Je le lui dois, Janet; tu le comprends sûrement. Il n'y aura personne pour s'occuper de toi correctement et je crains que Céline ne puisse jamais servir de mère à qui que ce soit. Quant à tes grands-parents, tu as vu comment ils sont. Les voilà absorbés par leurs propres problèmes avec Daniel. Je parie qu'il se comporte comme ça uniquement pour les tourmenter... Non, insista-t-il, nous ne sommes pas une gentille petite famille et cette maison n'est pas ce qu'il faut pour accueillir et élever un enfant. Tu mérites mieux.

— Tout est ma faute, pleurai-je. Parce que j'ai eu mes règles au mauvais moment.

— Non, non, non, protesta Sanford. Je vois maintenant que c'est une bénédiction. Imagine que tu aies pu te présenter à cet examen et que tu n'aies pas été sélectionnée. Elle aurait réagi de la même façon, et, si tu avais été sélectionnée, il y aurait eu ensuite un autre examen que tu n'aurais pas passé, du moins pas aussi brillamment qu'elle l'aurait voulu. Tout simplement parce que tu n'es pas elle.

Je pense que c'est ce qu'elle est en train de comprendre et c'est pourquoi... elle a ces problèmes. La vérité, Janet, c'est qu'il est possible qu'on doive l'interner. L'idée me révulse. Mais, je t'en prie, ne te reproche rien. Je vais m'occuper de tout et je suis sûr que, d'ici peu, un autre couple, sans problème d'aucune sorte, t'accueillera chez lui.

Il m'embrassa sur le front et s'en alla. Je restai assise sur mon lit et regardai longuement ma somptueuse chambre. On me la reprenait aussi vite qu'on me l'avait donnée. Je regrettai d'y avoir mis les pieds. En avoir profité pour la perdre ainsi était pire que de ne pas l'avoir eue. Combien de mamans et de papas me faudrait-il encore perdre ? Combien de fois dans ma vie aurais-je à dire adieu ?

La colère s'empara de moi et un tourbillon d'émotions contradictoires m'envahit. Je me sentais trahie. Par le destin, par le monde des adultes, par la vie. Je n'avais même pas eu le temps d'aimer ces parents adoptifs qu'il me fallait les quitter et replonger dans la solitude.

Au dîner, Sanford m'annonça qu'il avait tout arrangé et que le service de protection de l'enfance avait désigné un foyer où j'attendrais d'être à nouveau adoptée. Il comptait m'y emmener dès le lendemain.

— Ils ont affirmé que c'était très bien et que tu t'y ferais beaucoup d'amis.

— Je m'étais fait beaucoup d'amis ici.

Le regard triste, il hocha la tête.

— Je suis désolé, Janet. Cela me brise le cœur. Vraiment.

Il détourna la tête, mais j'eus le temps de voir des larmes briller dans ses yeux.

Sa sincérité me toucha, mais sans que cela me rende les choses plus faciles. Au contraire.

Le lendemain matin, dès l'aube, la maison fut en pleine effervescence. Une infirmière débarqua avec armes et bagages pour s'occuper de Céline. Puis ce fut le tour des Westfall qui venaient voir leur fille. La mère de Céline ne me jeta qu'un bref coup d'œil avant de s'engager dans l'escalier. Enfin, Sanford et son beau-père s'enfermèrent dans le bureau pour discuter des problèmes de l'usine. Lorsqu'ils partirent, ma grand-mère m'aperçut dans le salon, se tourna vers Sanford et dit :

— Céline a gaspillé une énergie précieuse avec cette gamine. Autant donner de la confiture aux cochons.

Sans bien comprendre ce qu'elle voulait dire, j'y sentis un reproche amer.

Plus tard dans la journée, Sanford envoya Mildred m'aider à rassembler mes affaires. Je n'avais pas revu Céline dont la porte était restée fermée mais il me semblait impossible de partir sans au moins lui dire adieu. J'allai frapper à sa porte. L'infirmière ouvrit.

— Il faut que je lui dise au revoir.

Elle allait refuser quand Sanford surgit derrière elle et lui dit de me laisser passer.

Céline était dans son fauteuil, face à la fenêtre, et regardait le parc. Je posai ma main sur les siennes et elle tourna la tête très lentement.

— Je suis désolée, Céline. Je voulais vraiment que vous soyez ma mère. Je voulais danser pour vous.

Elle me dévisagea comme si elle ne m'avait jamais vue.

— J'espère que vous allez vite guérir. Merci d'avoir essayé de faire de moi une danseuse étoile.

Ses paupières frémirent.

— Viens, maintenant, me dit Sanford du seuil de la chambre.

Je fis oui de la tête, m'inclinai et embrassai Céline sur la joue.

— Au revoir, murmurai-je.

Je reculais lorsqu'elle retint ma main.

— Y a-t-il beaucoup de monde? La salle est pleine?

— Comment?

Elle sourit.

— Je suis en train de m'échauffer. Dis à Madame que j'arrive tout de suite et que je me sens prête. Dis-lui que j'ai déjà commencé à entendre la musique. Ça lui plaira. Tu vas lui dire?

— Oui, Céline. Bien sûr.

Je n'avais aucune idée de ce dont elle parlait.

— Merci, fit-elle en se tournant vers la fenêtre.

Un bref instant, je crus entendre moi aussi de la musique et je me rappelai ce qu'elle m'avait dit lors de notre première rencontre. « Quand tu seras devenue une excellente danseuse, et c'est ce que tu deviendras, tu te perdras dans la musique, Janet. Elle t'emportera... »

Elle m'emportait loin, loin, loin, à présent.

Je lui jetai un dernier regard et quittai sa maison pour toujours.

Épilogue

La voiture s'éloignait. Je m'interdis de jeter un dernier regard sur la maison. J'avais l'impression de sortir d'un roman dont quelqu'un refermait la dernière page derrière moi. Voir mon histoire s'achever eût été trop douloureux. Je voulais garder intact le souvenir de cette belle demeure et de ce grand parc empli de fleurs, d'oiseaux, de lapins pressés et d'écureuils curieux. Une maison de rêve, mon pays d'Oz.

Dans le coffre de la voiture, deux grosses valises contenaient tous mes habits neufs, mes chaussures, mes tenues de danse et mes merveilleux chaussons de pointe. Au début, j'avais voulu ne rien emporter. Puis je m'étais dit que si je partais les mains vides, je risquais de me réveiller un matin en pensant que tout n'était qu'un rêve, les visages, les voix, les cadeaux et même mon goûter d'anniversaire.

— J'espère que tu continueras à travailler la danse, dit soudain Sanford. Tu devenais vraiment bonne.

Je gardai le silence et fixai le paysage qui défilait par-delà la vitre comme un ruban flottant au vent derrière nous. De temps à autre, Sanford lâchait un commentaire. Je croisais son regard, empli de tristesse et de remords, dans le rétroviseur.

— J'espère que Céline va aller mieux, dis-je enfin.

— Merci, tu es gentille.

Et de nouveau ses yeux s'embuèrent.

Le foyer où nous nous rendions s'appelait Lakewood House. Il était dirigé par Gordon et Louise Tooey qui, après avoir plus ou moins échoué dans l'hôtellerie, avaient choisi d'accueillir des enfants. Le trajet prendrait un peu moins de deux heures.

— Pour toi, ce ne sera qu'un séjour temporaire, j'en suis sûr, répéta Sanford pour la énième fois.

Il proposa de s'arrêter pour m'acheter quelque chose à manger; je refusai et prétendis ne pas avoir faim. En réalité, j'avais hâte d'arriver à destination et de commencer ma nouvelle vie. L'étape intermédiaire était pénible, comme si j'errais encore dans les limbes. Malgré son plan, Sanford se perdit et dut faire une pause dans un garage pour demander son chemin.

— Et voilà, annonça-t-il soudain.

Devant nous se dressait une grande bâtisse grise à un étage. Le parc semblait au moins aussi vaste que celui des Delorice. Quatre jeunes filles s'éloignaient vers ce qui me sembla être un terrain de sport. Deux adolescents tondaient la pelouse tandis qu'un homme, grand et musclé, criait quelque chose à d'autres enfants armés de râteaux.

— Ça a l'air bien, commenta Sanford en arrêtant la voiture devant le perron.

Il sortait mes valises du coffre lorsqu'une grande femme aux longs cheveux bruns maintenus en arrière jaillit de la porte d'entrée. Sans être belle, elle avait des yeux d'un bleu intense. Je lui donnai une petite cinquantaine.

— Tu dois être Janet. Je t'ai attendue toute la journée, chérie, déclara-t-elle en se précipitant vers moi. Que tu es ravissante!

— Oui, n'est-ce pas? fit Sanford.

— Bienvenue à Lakewood House, ma chérie. Je m'appelle Louise. Je vais te montrer ta chambre... Pour le moment, elle a une chambre pour elle toute seule mais d'autres enfants doivent bientôt arriver, précisa-t-elle à l'intention de Sanford.

Il sourit et hocha la tête.

— Gordon! cria Louise. Gordon!

— Qu'est-ce qu'il y a? répondit l'homme qui surveillait les travaux de jardinage.

— La nouvelle est arrivée.

— Splendide, grommela-t-il. Mais il faut que je surveille ces gamins, ils sont capables de me bousiller la pelouse.

— Gordon est très fier de la façon dont nous entretenons cette propriété, expliqua Louise. Tout le monde donne un coup de main, mais tu verras, c'est très amusant... Viens, entrons.

Elle posa la main sur mon épaule et me poussa vers la maison.

La petite entrée était suivie d'une vaste pièce encombrée de meubles anciens.

— Les touristes adoraient Lakewood House, déclara Louise.

Elle expliqua à Sanford que, le tourisme étant en perte de vitesse dans la région, Gordon et elle avaient décidé d'utiliser leur propriété comme foyer d'accueil. Elle-même n'avait pas d'enfants.

— Mais j'ai toujours considéré mes pupilles comme mes enfants, ajouta-t-elle.

Nous montâmes l'escalier et pénétrâmes dans une chambre grande comme la moitié de celle que j'avais occupée chez les Delorice.

— Je viens de faire le ménage à fond. Les filles partagent la salle de bains qui se trouve au bout du couloir... Ici, le mot clef est « partage », ajouta-t-elle en se tournant vers Sanford. Cela les prépare à la vie.

Sanford sourit à nouveau. Il posa les valises. Louise nous regarda l'un après l'autre.

— Je vais vous laisser, le temps que vous vous disiez au revoir ; ensuite, je ferai visiter la maison à Janet.

— Merci, dit Sanford.

Elle nous laissa et je m'assis sur le lit étroit qu'elle m'avait désigné. Il garda le silence quelques minutes.

— Oh, avant que je n'oublie... Je veux que tu aies un peu d'argent, dit-il en ouvrant son portefeuille.

Il en tira quelques gros billets. Je fis non de la tête.

— Je t'en prie. Prends-les et cache-les. Et dès que tu pourras, mets-les à la banque. Avoir une petite somme bien à toi te donnera un peu d'indépendance, Janet, insista-t-il en me fourrant les billets dans la main. Tu ne resteras pas longtemps ici. Tu es une enfant ravissante et très douée.

Que répondre à cela ? Les mots me manquèrent.

— Peut-être que je passerai te voir de temps en temps. Ça te ferait plaisir ?

De nouveau je secouai la tête, ce qui le surprit visiblement.

— Tu ne veux pas ? Pourquoi ?

— En grandissant, on oublie. On oublie ce qu'on ne peut plus avoir.

Il me fixa et sourit.

— Qui t'a dit ça ?

Je haussai les épaules.

— Personne. Ça m'est venu à l'esprit, un jour.

— Tu as probablement raison. C'est la nature qui veut ça. Mais j'espère que tu ne m'oublieras pas. Moi, je ne t'oublierai pas.

— Céline m'a déjà oubliée.

— Elle t'a mélangée avec des souvenirs d'elle-même, c'est tout.

— Alors, il vaut mieux qu'elle oublie.

Son visage se crispa comme s'il allait pleurer. Les seules marques de tendresse qu'il avait eues à mon égard jusqu'à présent étaient de m'embrasser doucement sur le front et de prendre ma main pour traverser une rue. Cette fois-ci, il s'agenouilla devant moi et m'étreignit longuement.

— Je voulais une fille comme toi, plus que tout au monde, murmura-t-il.

Puis il m'embrassa sur la joue, se releva et quitta la pièce. Je tendis l'oreille et écoutai ses pas dans l'escalier.

Durant un long moment, je restai immobile, les yeux fixés sur le sol. Puis j'allai à la fenêtre et vis sa voiture s'éloigner. Et enfin, je me mis à pleurer. La première larme explosait comme une goutte chaude sur ma joue lorsqu'un magnifique papillon se posa sur le rebord de la fenêtre avant de s'envoler dans le vent. Je le regardai voleter et je me dis qu'un jour je serais comme ce papillon.

5180

Composition Euronumérique
Achevé d'imprimer en Europe (Allemagne)
par Elsnerdruck à Berlin
le 15 mars 1999.
Dépôt légal mars 1999. ISBN 2-290-05180-2

Éditions J'ai lu
84, rue de Grenelle, 75007 Paris
Diffusion France et étranger : Flammarion